# SCÈNES

ET

# MENSONGES PARISIENS

POISSY — TYP. ET STÉR. A. BOURET.

# SCÈNES

## ET

# MENSONGES PARISIENS

PAR

## AURÉLIEN SCHOLL

NOUVELLE ÉDITION

## PARIS

### MICHEL LÉVY FRÈRES, LIBRAIRES ÉDITEURS

RUE VIVIENNE, 2 BIS, ET BOULEVARD DES ITALIENS, 15

### A LA LIBRAIRIE NOUVELLE

—

1863

# A HENRI DE PÈNE

Cher confrère et ami,

Il y a longtemps déjà que j'avais résolu de vous exprimer publiquement toute ma reconnaissance pour la bienveillance que vous m'avez toujours témoignée.

Votre nom était inscrit sur la première page d'un roman que le hasard d'un incendie a détruit...

Je ne veux cependant pas tarder davantage.

Journaliste infatigable, chroniqueur plus vaillant qu'un romancier, vous avez toujours aidé vos confrères à leur début comme vous les avez soutenus dans la lutte. Il n'est personne, dans les arts, qui ne soit un peu votre débiteur.

Unir la forme à la fécondité, l'esprit à la bienveillance, la grâce à la critique, c'est un tour de force que, seul, vous avez pu réaliser.

1

J'aurais voulu vous adresser un hommage plus dig]
de vous; mais, à l'époque où nous vivons, la producti(
littéraire est forcée.

On fait toujours autre chose que ce qu'on voudra
faire; un feuilleton, quand on rêve un sonnet; un ar
cle de journal, quand on pense un roman — et l'on
peut vous offrir que la dédicace des *Scènes et Menso*
*ges parisiens*.

    A vous,

        AURÉLIEN SCHOLL.

# LES CHAINES DE FLEURS

# LES CHAINES DE FLEURS

## PERSONNAGES

OLIVIER DE LUÇAY. — JEHAN DE LA GASPARDIÈRE. — FENELLA.

Le boudoir de Fenella. — Un piano. — Vases à fleurs. — Meuble riche. — Au fond, à droite, une balance comme celles dont on se sert pour peser les jokeys.

## SCÈNE PREMIÈRE

FENELLA, au piano ; OLIVIER, étendu sur la causeuse, un livre à la main et les yeux fermés.

FENELLA, chantant.

> J'ai vu le dieu Bacchus sur sa roche fertile,
> Donnant à ses sujets ses joyeuses leçons !
> Le faune aux pieds de chèvre...

(Se retournant.) Olivier !

OLIVIER, grommelant. — Hein?

FENELLA. — Cela vous ennuie, que je fasse de la musique?

OLIVIER. — Au contraire, ma chère amie... Je lisais le *Nez d'un Notaire* en t'écoutant des deux oreilles.

FENELLA. — Quelle joyeuse musique, que celle d'*Orphée aux enfers!*

OLIVIER, à part. — Oui..., les dix premières fois.

FENELLA. — Je ne comprends pas qu'elle puisse vous endormir...

OLIVIER. — Ai-je dormi ?

FENELLA. — Oui, monsieur, vous avez dormi.

OLIVIER. — Alors, c'est la jalousie qui m'a terrassé.

FENELLA. Comment! voilà près d'un an que tout le monde envie votre bonheur, et vous êtes jaloux ?

OLIVIER, bâillant. — Comme un tigre.

FENELLA. — Est-ce que tu n'es pas heureux ?

OLIVIER. — Moi? j'ai du bonheur à revendre... J'ai envie de m'établir. Olivier de Luçay, marchand de bonheur... dans une encoignure !

FENELLA. — Pourquoi plaisanter, mon ami? C'est si bon d'aimer ! j'étais rieuse et folâtre avant de te connaître. Il n'y avait pas à l'Académie impériale de musique une danseuse plus insouciante que moi. J'avais six cents francs d'appointements et pas de congé.

OLIVIER. — Et trois mille francs par mois du prince Gandoff et une voiture et un groom.

FENELLA. — Quand un soir, je t'aperçus dans ta loge... O donnait le *Marché des Innocents* ! « Quel est ce jeune homme demandai-je à mes camarades, celui qui a des gants blancs et un lorgnon, et qui est assis avec deux autres qui ont un lorgnon et des gants blancs? — Comment? tu ne le conna pas? C'est Olivier de Luçay. — Olivier! » Je mis la main sur mon cœur... c'était fait... je t'aimais!

OLIVIER. — Le lendemain, je recevais un mot de toi...

FENELLA. — Je t'écrivais en baissant les yeux : « Venez donc me voir ! »

OLIVIER. — Je vins, et tu me promis un amour éternel...

FENELLA. — En échange de la fidélité la plus rigoureuse. Tu acceptas ce marché..

OLIVIER. — Des innocents !

FENELLA. — Et maintenant, plus de prince Gandoff, plus de voiture; rien que le bonheur !

OLIVIER. — Tu es un ange, Fenella, et tu n'as qu'un tort à mes yeux...

FENELLA, vivement. — Lequel ?

OLIVIER. — C'est de me tenir toujours renfermé.

FENELLA. — Comment, mon ami, mais tu es bien libre...

OLIVIER, sautant sur son chapeau. — Vraiment! tu ne me feras pas de scène?

FENELLA. — Quelle idée !

OLIVIER. Ah! je vais faire le tour du lac.

FENELLA. — Tout de suite?

OLIVIER. — Le temps de seller mon cheval... il sera trois heures...

FENELLA. Trois heures? Eh bien, attends un peu... J'ai à sortir aussi de mon côté, et comme cela, nous ne volerons pas une seule minute à notre amour.

OLIVIER, découragé. — Ah ! (Il pose son chapeau sur la console).

FENELLA. — Tu es de mon avis, n'est-ce pas?

OLIVIER, à part. — Encore cloué!

FENELLA. — Et, puisque tu as été bien gentil, je vais te faire un peu de musique.

J'ai vu le dieu Bacchus sur sa roche fertile...

OLIVIER. Ah! non, assez!

FENELLA. — C'était ton air favori...

OLIVIER. — Il y a un an, je ne te dis pas; mais toujours la même chose!

FENELLA. — Veux-tu que je te pèse?

OLIVIER. — C'est cela... pèse-moi; car j'ai une peur terrible de ne pas pouvoir courir à la Marche... Rien n'engraisse comme le bonheur! Voyons...

FENELLA, mettant des poids dans la balance. — Toi qui as toujours le prix... Cinquante... Attends... à l'autre.

OLIVIER. — Un gentleman-rider n'a pas le droit de dépasser...

FENELLA. — Soixante-neuf kilos!

OLIVIER. — Cent trente-huit livres! mais cela n'a pas le sens commun... Je suis ridicule.

FENELLA. — Ce n'est pas ma faute.

OLIVIER. — Tu me prives d'air! de liberté! Ton deuxième étage est très-humide... et j'engraisse.

FENELLA. — A mon tour!

OLIVIER, pesant Fenella. — Toi aussi... tu deviens énorme... ce qui est dégoûtant chez une danseuse... Tiens... soixante-trois kilos... Ah! mon Dieu! mon Dieu! quand donc cesserons-nous de nous aimer?

FENELLA, avec reproche. — Oh! comme c'est mal!

UNE FEMME DE CHAMBRE, entrant par le fond. — Une carte pour monsieur.

OLIVIER. — Jehan de la Gaspardière...— Fais-le entrer!

FENELLA. — Un importun, sans doute?

OLIVIER. — Un de mes camarades d'enfance... dont je t'ai parlé souvent...

FENELLA.—Ah! cet imbécile...dont tu te moquais toujours?

OLIVIER. — Mon meilleur ami! Il arrive de voyage, et je veux le recevoir dignement...

FENELLA. — Tu m'as parlé de lui comme de l'être le plus ennuyeux...

OLIVIER. — C'est possible; mais, maintenant, je l'aime... (A part.) Ça me changera.

FENELLA. — C'est insupportable...

OLIVIER. — Va te préparer pour sortir... et je vais recevoir cet excellent ami, que je te présenterai!

FENELLA. — Quel ennui! venir troubler notre délicieux tête-à-tête!

OLIVIER. — Va donc!

## SCÈNE II

### OLIVIER, puis LA GASPARDIÈRE.

OLIVIER. — Le voilà donc enfin à Paris, ce bon la Gas-

1.

pardière!... C'était son rêve!... Je pourrai me moquer de lui... Ça me donnera de l'esprit.

LA GASPARDIÈRE, en costume de voyage. — Olivier!

OLIVIER. — Cher ami! quelle joie j'ai de te revoir... Mais débarrasse-toi donc de ce sac de nuit.

LA GASPARDIÈRE. — Voilà!... et mon parapluie..., et mon plaid. Figure-toi qu'en sortant de la gare, j'avise un cocher auquel je dis : « Rue de Provence, 25! chez mon ami Olivier de Luçay. » Il me tardait de me jeter dans tes bras... J'arrive enfin; je sonne, et ton domestique, auquel je me fais con- naître, me dit : « Monsieur est sorti. — Où le trouverai-je? — Oh! Monsieur passe presque tout son temps chez made- moiselle Fenella... — Où demeure Fenella? — Rue d'Au- male, 45. » Je remonte en voiture, et me voilà! Mes malles sont en bas, sur le fiacre... J'ai donné l'ordre de les monter.

OLIVIER, riant. — Comment! tes malles chez Fenella?

LA GASPARDIÈRE. — Dame! je ne suis pas au courant des habitudes de Paris...

OLIVIER. — On le voit.

LA GASPARDIÈRE. — A propos, tu te rappelles bien ma tante?...

OLIVIER. — A propos de malles?

LA GASPARDIÈRE. — A propos de tout ce que tu voudras... Ma bonne tante... dans son château de Florac?

OLIVIER. — Celle qui t'a élevé?

LA GASPARDIÈRE. — Elle est morte!

OLIVIER. — Ah! mon pauvre ami!

LA GASPARDIÈRE. — Pauvre! quarante-cinq mille livres de rente pour ton petit la Gaspardière! Je vais étonner Paris.

OLIVIER. — En mangeant ton capital?

LA GASPARDIÈRE. — En mangeant du matin au soir.

OLIVIER. — Les femmes vont courir après toi!

LA GASPARDIÈRE. — Et je mangerai ma fortune dans leur assiette.

OLIVIER. — Voilà les dispositions que tu nous apportes d'Angoulême?

LA GASPARDIÈRE. — Mon ami, ne me parle jamais d'Angoulême. Ce chef-lieu me rappelle des souvenirs cuisants.

OLIVIER. — Lesquels?

LA GASPARDIÈRE. — Je vais te faire une confidence... (Mystérieusement.) Si les Parisiennes me sont aussi cruelles que les Angoumoises, je mourrai garçon.

OLIVIER. — Allons donc!

LA GASPARDIÈRE. — Parole d'honneur! j'ai fait la cour à des femmes de tous les rangs et de tous les... âges, eh bien!... rien. Enfin, je me suis adressé à une toute petite..., pas plus grande que ça... J'ai mis des gilets bleus, des pantalons gris perle, des cravates rouges...; j'ai envoyé des bouquets entourés de pierreries...; le seul mot que j'aie obtenu est celui-ci : « Vous? Jamais! »

OLIVIER, soupirant. — Tu es bien heureux !

LA GASPARDIÈRE. — Heureux? Mais j'en meurs!... Tu vois un homme expirant.

OLIVIER. — Que dirai-je donc, moi-même ?

LA GASPARDIÈRE. — Toi ?

OLIVIER. — Je ne suis plus qu'un cadavre..., un cadavre qui engraisse tous les jours! Fenella, chez qui tu me trouves, est une de ces personnes qu'on croit légères, parce qu'elles font des pirouettes. Ah! mon ami, on se fait généralement une idée bien fausse de la fidélité des danseuses. Celle-ci, jeune, recherchée, s'est mis dans la tête de me faire le sacrifice de sa jeunesse... Elle est jolie du matin au soir, elle est tendre continuellement, elle est affable sans trêve ni repos, c'est insupportable. L'habitude me la tue. Rien de neuf, rien d'imprévu... Je m'ennuie, je deviens énorme. Ce boudoir est un parc aux huîtres... La quitter, diras-tu? Comment? sous quel prétexte? Qu'ai-je à lui reprocher? Le prince Gandoff, qui est amoureux d'elle, amoureux fou, guette ma sortie, attend mon départ, les mains pleines de roubles... Tous les jours il écrit à Fenella, qui jette sa lettre au feu... Ah! mon ami, ce sont des chaînes de fleurs, mais ce sont des chaînes !

LA GASPARDIÈRE. — Tu me rappelles la princesse Églantine, qui a été étouffée par un oiseau du Paradis... qu'elle avait avalé de travers...

OLIVIER. — J'ai ici quelques romans... et cette balance avec laquelle on pèse les jockeys... Croiras-tu que, moi, un héros de la Marche...

LA GASPARDIÈRE. — Eh bien ?

OLIVIER, d'une voix sombre. — Cent vingt-huit, mon cher!

LA GASPARDIÈRE. — C'est grave !

OLIVIER, regardant autour de lui si personne ne l'écoute. — Veux-tu me sauver ?

LA GASPARDIÈRE. — Moi ?

OLIVIER. — J'ai une idée.

LA GASPARDIÈRE. — Voilà de ces choses qui ne m'arrivent jamais !

OLIVIER. — Je vais te présenter à Fenella... Fais-toi aimer !

LA GASPARDIÈRE. — Et la recette pour se faire aimer ?

OLIVIER. — Je te soufflerai.

LA GASPARDIÈRE — Et quand elle m'aimera ?

OLIVIER. — Je ne t'en demanderai pas satisfaction.

LA GASPARDIÈRE. — Il ne manquerait plus que ça !

OLIVIER. — D'abord, pas un mot d'Angoulême.

LA GASPARDIÈRE. — Ah !

OLIVIER. — Tu es un original, un excentrique, un misanthrope. A l'âge de vingt ans, tu as quitté la France... poursuivi par une grande passion... — une jeune fille, morte de la poitrine, et dont tu ne pouvais chasser le souvenir ! — Dégoûté des hommes, ayant horreur de la civilisation, tu as parcouru l'Amérique, l'Afrique...

LA GASPARDIÈRE. — Et l'Océanique.

OLIVIER. — Tu as vécu parmi les sauvages...; tu as été adoré pas des femmes vêtues d'un anneau passé dans le nez... et tu es en correspondance avec ton meilleur ami, Œil-de-Serpent, grand chef des Apaches !

LA GASPARDIÈRE. — Tu crois que, par ce moyen, le cœur de Fenella ?

OLIVIER. — T'appartiendra ! Les femmes adorent l'excentricité, et c'est ainsi que M. Félix se fait aimer dans toutes les pièces du Vaudeville... Elle vient !... attention !... La cravate pendante..., du désordre dans les cheveux..., l'œil dur... C'est cela !... et surtout, sois brutal !

## SCÈNE III

### LES MÊMES, FENELLA.

FENELLA, à part. — Encore ici !

OLIVIER. — Madame, j'ai l'honneur de vous présenter M. Jehan de la Gaspardière, mon ami..., un intrépide voyageur, qui s'est lavé les mains dans les sources du Nil !

FENELLA, saluant. — Monsieur !

LA GASPARDIÈRE — Tandis qu'une tribu entière de Niams-Niams et de Nigritiens me décochait dans le dos des traits empoisonnés.

FENELLA. — Vraiment, monsieur ? Mais comment n'êtes-vous pas mort ?

LA GASPARDIÈRE. — Je m'étais couvert d'écailles de tortue.

FENELLA. — Mais la figure ?

LA GASPARDIÈRE. — J'avais un pince-nez.

OLIVIER. — Hum ! (A part.) L'animal ! (Haut.) Mon ami, je suis obligé de te laisser un instant... Une lettre pressante de mon homme d'affaires...

FENELLA, étonnée. — Quand l'avez-vous reçue ?

OLIVIER. — A l'instant même. — Je me jette dans un coupé, je donne une signature et je reviens.

FENELLA. — Mais, mon ami...

OLIVIER. — A tout à l'heure !


## SCÈNE IV

### FENELLA, LA GASPARDIÈRE.


LA GASPARDIÈRE, à part. — Voici une occasion d'en finir avec le célibat...

FENELLA, à part — Il a l'air bête, le voyageur !

LA GASPARDIÈRE, à part. — Elle est embarrassée de se trouver seule avec un jeune homme. (Il se campe fièrement.)

FENELLA. — Dites donc, vous !

LA GASPARDIÈRE, surpris. — Hein ! (Il regarde s'il y a une autre psrsonne.)

FENELLA. — C'est à vous que je parle.

LA GASPARDIÈRE. — Ah ! c'est à moi ?...

FENELLA. — Est-ce que vous croyez que je donne dans toutes vos histoires de sources du Nil et d'écailles de tortue ?

LA GASPARDIÈRE. — Madame, ayant quitté la France à l'âge de sept ans, à la suite d'une grande passion...

FENELLA. — Qui vous demande votre histoire ?...

LA GASPARDIÈRE. — Je résolus de m'établir à Madagascar, qui est une île entourée d'eau.

FENELLA. — Passons vite à votre arrivée à Paris.

LA GASPARDIÈRE, s'inclinant. — Comme il vous plaira. — En débarquant dans cette capitale, le hasard me mit en présence de mademoiselle Fenella, dont je devins amoureux fou.

FENELLA, riant. — Ah!

LA GASPARDIÈRE. — A ce point que je résolus de ne reculer devant aucun crime pour me faire aimer...

FENELLA — Singulier moyen!

LA GASPARDIÈRE, d'un ton très-aimable. — L'escalade, l'effraction, l'assassinat, n'étant pour moi qu'un jeu.

FENELLA. — Tenez, causons d'autre choses, voulez-vous?

LA GASPARDIÈRE. — Alors, c'est une affaire entendue?

FENELLA. — Quoi?

LA GASPARDIÈRE. — Nous nous aimons?

FENELLA. — Vous? Jamais!

LA GASPARDIÈRE, à part. — C'est juste. Le beau sexe s'est donné le mot...

FENELLA. — J'ai cru d'abord à une plaisanterie de votre part, et je ne m'attendais guère à une semblable inconvenance.

LA GASPARDIÈRE. — Très-bien! assez! je vous écoute... (Il s'assoit, prend un journal et fait des bateaux en papier.)

FENELLA. — J'aime Olivier, monsieur, et je vous croyais son ami...

LA GASPARDIÈRE. — L'amitié n'est qu'un mot.

FENELLA. — Et c'est ainsi que vous débutez dans une maison où vous n'êtes reçu que sur la présentation...

LA GASPARDIÈRE. — De celui que je veux trahir, oui, madame. Je vous adore, et, si, pour vous le prouver...

FENELLA. — Monsieur, vous êtes chez moi et je vous prie de sortir.

LA GASPARDIÈRE. — De l'intimidation envers un homme qui passe ses étés dans les mers de glace et ses hivers dans l'intérieur des volcans?

FENELLA. — C'est là sans doute que vous avez appris la civilité puérile et honnête?

LA GASPARDIÈRE, se levant. — C'est là que j'ai appris à être froid avec les uns et brûlant avec les autres...

FENELLA. — Eh bien, monsieur, je vous déclare que je rendrai compte de votre conduite à M. de Luçay.

LA GASPARDIÈRE. — A votre aise!

FENELLA. — Et nous verrons si vous serez aussi fier avec lui qu'avec moi.

LA GASPARDIÈRE. — Mademoiselle, je n'ai qu'un mot à vous dire : Je vous adore! et je vais ouvrir ma malle!

FENELLA. — Pourquoi faire?

LA GASPARDIÈRE. — Pour y chercher les divers poisons que j'ai rapportés des Indes!

FENELLA. — Vous êtes fou.

LA GASPARDIÈRE. — Sans adieu. Je reviens à l'instant! (Il lui envoie un baiser et sort.)


## SCÈNE V

### FENELLA, puis OLIVIER.


FENELLA. — Singulier individu!... il a la plaisanterie

gubre... Cette déclaration à brûle pourpoint..., ces me-
naces...

OLIVIER. — Ah! voilà qui est fait... (Il dépose son chapeau sur
le piano.)

FENELLA, à part. — Olivier!... que lui dire?

OLIVIER. — Où donc est passé la Gaspardière?

FENELLA. — Il est descendu, mon ami.

OLIVIER. — Il fallait le retenir... Je suis sûr que tu as été
maussade!

FENELLA. — Mais rassure-toi, il revient... (A part.) C'est
bien cela, les hommes!

OLIVIER. — Quelle charmante nature que ce garçon-là!

FENELLA, avec dédain. — Oh!

OLIVIER. — C'est un esprit vif, piquant, original...

FENELLA. — Vous trouvez?

OLIVIER. — Seulement, il a été gâté par les femmes...

FENELLA. — Lui?

OLIVIER. — Disputé, adoré... C'est un don Juan.

FENELLA. — Mon ami, je ne veux pas vous laisser jouer
plus longtemps un rôle ridicule. Votre ami est un mal appris,
un goujat que vous auriez mieux fait de ne pas introduire
ici?

OLIVIER. — Pourquoi donc cela?

FENELLA. — Vous voulez que je vous le dise?

OLIVIER. — Sans doute!

FENELLA. — Eh bien, M. de la Gaspardière s'est permis de
me faire une déclaration à brûle pourpoint!

OLIVIER. — C'est impossible.

FENELLA. — Puisque je vous le dis!

OLIVIER. — Je voudrais voir le pourpoint.

FENELLA. — Et, comme il est un peu fou, il parle de vous empoisonner...

OLIVIER, riant. — Ah! tu vois des amoureux partout...

FENELLA. — C'est ainsi que vous prenez la chose?

OLIVIER. — Veux-tu que je la prenne par les oreilles?

FENELLA. — J'espère que vous allez au moins renvoyer ce monsieur?

OLIVIER. — Le renvoyer! Mais j'ai fait mettre son couvert...

FENELLA. — C'est bien; je dinerai dans ma chambre.

OLIVIER, sérieusement. — Fenella, je remarque en vous les symptômes d'une grande passion.

FENELLA — Ah! vous m'impatientez... Faites ce que vous voudrez... (Sortant.) Mon Dieu! que je suis malheureuse!

## SCÈNE VI

### OLIVIER, puis LA GASPARDIÈRE.

OLIVIER. — Cela commence mal!... Mais, puisqu'il faut que l'un de nous deux souffre de la rupture, j'aime autant que ce ne soit pas moi...

LA GASPARDIÈRE, revenant avec des fioles à la main. — Aconit de la Nouvelle-Zélande... Strychnine de Patagonie... Élixir des Braou-Sious!

OLIVIER, étonné. — Qu'est-ce que c'est que cela?

LA GASPARDIÈRE. — Ça?... Tu es seul?

OLIVIER. — Oui.

LA GASPARDIÈRE. — C'est pour t'empoisonner.

OLIVIER. — Ne prends pas cette peine... Je crois que tu as manqué ton affaire.

LA GASPARDIÈRE. — Voilà ma chance!

OLIVIER. — Fenella t'exècre...

LA GASPARDIÈRE. — C'est sans appel?

OLIVIER. — Que veux-tu, mon cher! J'ai toujours été aimé comme cela.

(Fenella chante dans la coulisse : « J'ai vu le dieu Bacchus, » etc...)

LA GASPARDIÈRE, effrayé. — La voici...

OLIVIER. — Eh bien?

LA GASPARDIÈRE. — Elle va me faire une scène.

OLIVIER. — Défie-toi, elle pèse soixante-trois kilos!...

LA GASPARDIÈRE. — Je suis perdu!

## SCÈNE VII

### LES MÊMES, FENELLA.

FENELLA. — J'ai recommandé qu'on nous fît dîner à six heures précises...

LA GASPARDIÈRE, derrière le piano. — Elle ne m'a pas aperçu...

OLIVIER. — Vous avez donc changé d'avis?

FENELLA, négligemment. — Oui... je dîne avec vous... (Appelant.) Monsieur de la Gaspardière! Pourquoi donc vous cachez-vous?

LA GASPARDIÈRE. — Elle va m'arracher quelque chose!

FENELLA. — J'ai à m'excuser, vraiment, de la façon dont je vous ai reçu...

LA GASPARDIÈRE, étonné. — Ah!

FENELLA. — J'étais maussade ce matin... C'est le temps!

OLIVIER, à part. — Tiens!

LA GASPARDIÈRE, à part. — Mais mon affaire n'est pas manquée du tout,

OLIVIER. — Ce n'est donc pas un mal appris?

FENELLA. — Comment! vous avez pris au sérieux cette plaisanterie?

OLIVIER. — Et sa déclaration... à brûle pourpoint?

FENELLA. — Oh! les femmes voient des amoureux partout!

OLIVIER, à part. — Je ne comprends pas.

FENELLA, à la Gaspardière. — Vous ne m'en voulez pas? (Elle lui tend la main.)

LA GASPARDIÈRE. — Mademoiselle, je suis confus... (A part.) Elle est prise... Ça en fera une sur ma liste!

FENELLA. — Aidez-moi donc à mettre mon châle.

OLIVIER, avec empressement. — Voilà...

FENELLA. — Pas vous, mon ami!

OLIVIER, piqué. — Ah!

LA GASPARDIÈRE. — Mademoiselle...

FENELLA. — Il faut que j'aille jusque chez ma modiste; vous allez m'accompagner...

OLIVIER, prenant son chapeau. — Volontiers.

FENELLA. — Pas vous, mon ami!

OLIVIER. — Ah!

LA GASPARDIÈRE, offrant son bras. — Mademoiselle.

OLIVIER. — Vous sortez avec monsieur?

FENELLA. — Pourquoi pas?

LA GASPARDIÈRE. — Certainement!... pourquoi pas?

OLIVIER. — Parce que cela va faire causer... On dira : « Tiens! Fenella avec un étranger... Qu'est-ce que cela signifie? » Il y aura des commentaires à n'en plus finir.

FENELLA. — Que vous importent ces bavardages?

LA GASPARDIÈRE. — Ces propos de quelques niais!

OLIVIER. — Il est toujours désobligeant de leur servir de point de mire.

FENELLA. — Bah! nous sommes au-dessus de tout cela... Allons!

OLIVIER. — Il paraît que vous y tenez!

LA GASPARDIÈRE. — A vos ordres!

FENELLA. — Adieu, mon ami!... A tout à l'heure!

OLIVIER, d'un ton bourru — Bonjour.

LA GASPARDIÈRE. — Nous ne serons pas longtemps!...


## SCÈNE VIII


OLIVIER, seul — C'est trop fort, par exemple!... S'amouracher de cet imbécile! Fenella, une femme élégante! Les voilà bien toutes... « Je n'aime que toi... Allons dans une autre patrie! Ton amour me tiendra lieu de tout... Une chaumière et ton cœur, un nid de mousse et ta voix adorée...

Que me faut-il de plus?... » C'est une lune de miel grande comme un soleil. Veux-tu du miel? voilà du miel!... Et le premier venu, un la Gaspardière, vient changer tout cela ! Enfin, c'est ma liberté que je voulais,... j'ai atteint mon but... Je vais donner l'ordre d'emporter mes balances, et tout sera fini... (Il se dirige vers la porte.)

## SCÈNE IX

### OLIVIER, LA GASPARDIÈRE.

LA GASPARDIÈRE. — Charmante! adorable! ravissante!

OLIVIER. — Tiens! je te croyais loin...

LA GASPARDIÈRE. — J'ai mis Fenella dans sa voiture, et, au moment où j'allais prendre place à son côté : « Une idée! s'écria-t-elle; je vais faire ma course sans vous, et, pendant ce temps-là, vous éloignerez Olivier.

OLIVIER. — M'éloigner !

LA GASPARDIÈRE. — Oui, mon ami... (Lui montrant la porte,) Tu comprends...

OLIVIER, furieux. — Cela ne se passera pas ainsi!

LA GASPARDIÈRE. — Comment donc?

OLIVIER. — Fenella se trompe si elle croit que je vais me laisser traiter comme un intrus.

LA GASPARDIÈRE. — Mais c'est toi-même qui voulais?...

OLIVIER. — La malheureuse!

LA GASPARDIÈRE. — Ce sont des chaînes de fleurs, mais ce sont des chaînes !

OLIVIER. — Eh bien, je les briserai moi-même, mais quand il me plaira.

LA GASPARDIÈRE. — Tu l'aimes donc?

OLIVIER. — Oui, je l'aime! Je me trompais moi-même sur mes sentiments...

LA GASPARDIÈRE. — Pauvre ami! je suis désolé...

OLIVIER. — Laisse-moi tranquille avec tes airs de protection!...

LA GASPARDIÈRE. — Ce n'est pas ma faute si elle m'adore.

OLIVIER. — Est-ce qu'elle peut t'aimer? Elle se moque de toi! Tu es grotesque.

LA GASPARDIÈRE. — Ah! ça, mais...

OLIVIER. — Elle ne te connaît que depuis une heure!

LA GASPARDIÈRE. — Eh bien, cela m'a suffi, voilà tout.

OLIVIER. — Allons donc!

LA GASPARDIÈRE. — Et la preuve, c'est qu'elle m'a chargé d'une mission de confiance...

OLIVIER. — Laquelle?

LA GASPARDIÈRE. — Une lettre dans son buvard...

OLIVIER. — Là? Voyons!

LA GASPARDIÈRE. — Qu'est-ce que tu fais?

OLIVIER, lisant. — « Monsieur le prince Gandoff..., en son hôtel! » Que signifie?

## SCÈNE X

### LES MÊMES, FENELLA.

FENELLA. — Vous êtes encore ici, Olivier?

OLIVIER. — Vous le voyez bien, madame.

LA GASPARDIÈRE, bas, à Fenella. — Il m'a été impossible de. .

OLIVIER. — Et pourquoi n'y serais-je pas? (Il jette la lettre sur le buvard.)

FENELLA, ôtant son châle et son chapeau. — Je croyais que, profitant de votre liberté, vous seriez allé faire un tour au Bois.

OLIVIER. — C'est bien, madame, j'y vais!

FENELLA. — Monsieur de la Gaspardière me fera sans doute l'amitié d'accepter une tasse de thé?

LA GASPARDIÈRE. — Certainement, madame, je serai heureux...

FENELLA, sonnant. — Je ne dîne qu'à six heures...

OLIVIER. — Et, d'ici là, il pourrait souffrir des horreurs de la faim!

FENELLA. — Vous ne serez pas de retour pour dîner, Olivier?

OLIVIER. — Non, madame, je ne serai pas de retour.

LA GASPARDIÈRE. — Eh bien, adieu, mon petit Olivier!

FENELLA. — Amusez-vous bien.

OLIVIER, à part. — L'hypocrite!... Oh! je troublerai leur tête-à-tête...

## SCÈNE XI

### FENELLA, LA GASPARDIÈRE.

LA GASPARDIÈRE, à part. — Le voilà parti!... mon règne commence.

(Un domestique entre et dépose un plateau sur le guéridon.)

2

FENELLA, versant le thé. — Approchez donc... On dirait que vous avez peur?

LA GASPARDIÈRE. — Par exemple!

FENELLA. — Avez-vous le poison?

LA GASPARDIÈRE. — Quel poison?

FENELLA. — L'aconit de la Nouvelle-Zélande!

LA GASPARDIÈRE, étonné. — Tout est là.

FENELLA — C'est bien.

LA GASPARDIÈRE, à part. — Est-ce qu'elle pousserait la haine à ce point? (Haut.) Pour qui donc cette troisième tasse?

FENELLA, très-aimable. — Pour Olivier.

LA GASPARDIÈRE. — Vous pensez donc qu'il va revenir?

FENELLA. — Il sera ici avant cinq minutes.

LA GARPARDIÈRE. — Ah!

FENELLA. — Et, dès que nous l'entendrons...

LA GASPARDIÈRE. — Je frémis.

FENELLA. — Vous verserez...

LA GASPARDIÈRE. — Je verserai quoi?

FENELLA. — Ceci.

LA GASPARDIÈRE. — Qu'est-ce que c'est que ceci?

FENELLA. — C'est un poison à moi... Je ne connais pas les vôtres (en confidence) et celui-ci est sûr...

LA GASPARDIÈRE. — Ah! il est sûr?

FENELLA. — Je l'ai déjà essayé.

LA GASPARDIÈRE, épouvanté. — Elle l'a essayé!

FENELLA. — Au fait, pourquoi attendre? (Elle verse.) Là!... il ne manque plus que le thé.

LA GASPARDIÈRE. — Oh! les femmes!

FENELLA. — Vous ne buvez pas?

LA GASPARDIÈRE. — Pardonnez-moi, madame..., mais vous ne vous êtes pas trompée, au moins?

FENELLA. — Oh! vous pouvez être tranquille.

LA GASPARDIÈRE. — Je le suis, je le suis.

FENELLA, lui prenant le bras. — Vous m'aimerez, n'est-ce pas?

LA GASPARDIÈRE. — Toujours!

FENELLA. — C'est que, si vous me trompiez, voyez-vous?

LA GASPARDIÈRE. — Oh! jamais! jamais!

FENELLA. — Voyons, mettez-vous là.

LA GASPARDIÈRE. — Sur la balance?

FENELLA. — Je veux vous peser.

LA GASPARDIÈRE, à part. — Si c'était une balance empoisonnée?

FENELLA. — Allons!

LA GASPARDIÈRE. — Voilà...

FENELLA. — Ah! comme vous êtes lourd!...

OLIVIER, au dehors. — C'en est trop... il faut en finir.

LA GASPARDIÈRE. — C'est lui!

FENELLA. — Restez... restez là.


## SCÈNE XII

LES MÊMES, OLIVIER, un bouquet à la main.


OLIVIER, entrant. — Dans ma balance? Veux-tu t'ôter de là?

FENELLA. — Ah? c'est vous, mon ami?

OLIVIER. — Madame, cette balance m'appartient, et je ne sais de quel droit vous y faites monter un étranger!

LA GASPARDIÈRE. — C'est bien malgré moi!

FENELLA, avec dédain. — Monsieur est trop lourd...

OLIVIER. — Que voulez-vous dire?

LA GASPARDIÈRE. — Quand je parcourais les montagnes rocheuses...

FENELLA. — Taisez-vous!

LA GASPARDIÈRE. — Bien.

FENELLA. — Offrez une tasse de thé à M. de Luçay.

LA GASPARDIÈRE. — Ne bois pas, mon ami, ne bois pas!

FENELLA, riant. — Ah! ah! ah! mais c'est de la fleur d'oranger que j'ai versée dans sa tasse... Je ne suis pas aussi féroce que j'en ai l'air. Vous arrivez d'Angoulême, mon pauvre garçon!

LA GASPARDIÈRE. — Ah bah?

OLIVIER. — Que signifie?

FENELLA. — Lisez cette lettre!

OLIVIER. — « Mon cher prince, voulez-vous encore d'une femme qui pèse soixante trois kilos?... » Elle avait entendu...

FENELLA. — Je ne vous en veux pas.

OLIVIER. — Tout a une fin... même l'amour éternel.

LA GASPARDIÈRE. — Je crois qu'il faut l'effacer de ma liste!

OLIVIER, lui offrant son bouquet d'un ton suppliant. — Fenella!

FENELLA, prenant le bouquet. — La vanité vous a ramené, la

jalousie vous a mis des fleurs à la main... Mais, hélas! on ne rallume pas les cendres. Vous êtes libre... Ne plus aimer n'est qu'un malheur; ne pas le dire est une injure. — (Elle jette le bouquet par terre et les fleurs s'éparpillent sur le parquet.) Voilà vos chaînes! (L'orchestre reprend l'air : « J'ai vu le dieu Bacchus, » etc.

2.

# LES MARQUIS D'OCCASION

# LES MARQUIS D'OCCASION

## PREMIER TABLEAU.

Un salon chez madame de Nouvelle-Roche. — Madame de Nouvelle-Roche reste chez elle le mercredi de chaque semaine. On y joue la comédie de société. — Plusieurs dames sont déjà arrivées.

UN DOMESTIQUE, annonçant. — Le comte de Châteaubrelan !

Madame de Nouvelle-Roche se lève nonchalamment et présente au gentilhomme ses trois doigts les plus effilés. — L'héritier des Châteaubrelan s'incline par deux fois. Cravate blanche. Gilet brodé. Chaîne de femme. Raie irréprochable qui lui sépare le crâne en deux parties égales. Moustache cirée, assez semblable aux antennes d'un insecte.

MADAME DE NOUVELLE-ROCHE, d'une voix flûtée. — Vous voilà, vilain oublieux... Je devrais vous gronder. Je vous reconnais à peine depuis quinze grands jours qu'on ne vous a vu...

CHATEAUBRELAN, avec à-propos. — C'est l'avantage que vous avez sur moi, madame; quand on vous a vue une fois, il est impossible de vous oublier...

MADAME DE NOUVELLE-ROCHE, minaudant. — Taisez-vous, ou je vais vous gronder.

CHATEAUBRELAN. — Vous avez là un ravissant éventail, ravissant!

LE DOMESTIQUE, annonçant. — Le baron des Petites-Affiches! Le prince de Monte-Calico! Le marquis de Bois-Karadec!

MADAME DE NOUVELLE-ROCHE. — Combien je suis charmée, messieurs!... que vous êtes aimables!...

LE BARON. — Madame!

LE MARQUIS. — Madame!

LE PRINCE. — Madame!

(Ils vont s'asseoir.)

CHATEAUBRELAN. — Bonsoir, marquis... Vous avez un délicieux transparent, délicieux!

LE MARQUIS. — Il me coûte quinze louis.

LE DOMESTIQUE. — Le comte et la comtesse de Mérovingien! le chevalier de Ravaillac! le baron Borgia! M. Godefroy de Bouillon!

MADAME DE NOUVELLE-ROCHE. — Combien je suis charmée, messieurs!... c'est fort aimable à vous...

LE COMTE DE MÉROVINGIEN, à part. — Cette femme-là fait merveilleusement les honneurs d'un salon.

UNE DAME. — Si on commençait la comédie?

MADAME DE NOUVELLE-ROCHE. — Cinq minutes, chère belle... Ah! chevalier, on ne va pas dans les coulisses!...

LE CHEVALIER, riant pour montrer ses dents. — Hé! hé! hé! (Il reste la bouche ouverte.)

MADAME DE NOUVELLE-ROCHE. — Le chevalier est terrible! il se ferait rouer pour voir un bout d'épaule.

CHATEAUBRELAN. — Qu'est-ce qu'on joue ce soir?

MADAME DE NOUVELLE-ROCHE. — Lisez l'affiche.

CHATEAUBRELAN. — Madame, cette affiche est adorable...

MADAME DE NOUVELLE-ROCHE. — C'est le baron de Nouvelle-Roche qui s'est amusé à la faire lui-même... Il a toujours eu beaucoup de goût pour l'enluminure.

CHATEAUBRELAN, à part. — C'est peut-être pour ça qu'il a épousé sa femme!

LE BARON BORGIA, lisant:

## IL NE FAUT PAS COURIR DEUX LIÈVRES A LA FOIS

### PROVERBE DE M. LE COMTE DE SAINT-SANSRADIS

suivi de

## L'HOMME MÉTAMORPHOSÉ EN CHAT

### FOLIE-VAUDEVILLE DE M. RAOUL DE VALMÉDIOCRE

LE CHEVALIER DE RAVAILLAC. — On dit que Saint-Sansradis écrit d'une manière ravissante.

CHATEAUBRELAN. — Quel est le sujet du proverbe? sait-on?

M. DE NOUVELLE-ROCHE. — Le proverbe?... C'est un jeune homme qui fait la cour à deux femmes en même temps... Elles s'en aperçoivent, et il n'obtient ni l'une, ni l'autre... Ce qui justifie le dicton : *Il ne faut pas courir...*

CHATEAUBRELAN, l'interrompant. — Ah! très-bien! c'est neuf! c'est original...

M. DE NOUVELLE-ROCHE. — Et piquant!... c'est surtout piquant.

UNE DAME. — Quand commence-t-on la comédie?

MADAME DE NOUVELLE-ROCHE — Encore un quart d'heure, chère belle !

LE COMTE DES PETITES-AFFICHES, dans un coin à droite. — Qu'est-ce que c'est donc que ce Châteaubrelan ?

BOIS-KARADEC. — Il paraît que c'est une ancienne noblesse... Il a un château dans la Touraine.

LE COMTE. — Châteaubrelan ! ce doit être un château de cartes ! Et le baron Borgia ?

LE BARON. — Moi, monsieur le comte, je suis le descendant direct des Borgia.

LE COMTE. — Ah ! pardon, je ne vous savais pas si près...

LE BARON BORGIA, avec orgueil. — Ma famille est le fruit de l'inceste..., mais d'un inceste qui se perd dans la nuit des temps.

DE VALMÉDIOCRE. — Il y eut un Valmédiocre condamné pour vol avec effraction en l'an 811 !

BOIS-KARADEC. — Vieille noblesse, monsieur, bravo !

SAINT-SANSRADIS. — Les Saint-Sansradis descendent de Du Guesclin...

BOIS-KARADEC. — Par la cheminée ?

SAINT-SANSRADIS. — Pourquoi ne descendrais-je pas des Du Guesclin, puisque vous remontez aux croisades ? Il est vrai que vous y remontez péniblement.

BOIS-KARADEC. — Je suis de ceux qui attendent avec impatience la loi contre les faux titres et les faux noms !

(*Tous pâlissent horriblement. Madame de Nouvelle-Roche s'appuie contre un meuble pour ne pas tomber.*)

LE COMTE DE MÉROVINGIEN. — C'est une pitié de voir tant d'épiciers enrichis, tant de spéculateurs marrons s'affubler des vieux noms historiques de la France. Tout homme qui n'est pas aux galères s'intitule duc et vicomte de sa propre autorité. Faites fortune tant que vous voudrez, messieurs ; quittez la Judengasse de Francfort pour habiter les hôtels de Paris, volez nos montres, achetez notre territoire ; mais, pour Dieu ! laissez-nous notre nom et ne brocantez pas notre histoire.

BOIS-KARADEC. — Il s'est établi dans Paris une population nomade qui envahit les restaurants et met les lorettes à la hausse. On distingue facilement ces anthropomorphes. Ils ont le front fuyant, les cheveux crépus, la bouche avancée ; ils parlent une langue étrange mêlée de gascon, d'allemand et d'hébreu ; ils sont vêtus à la dernière mode, mais ils portent mal leur costume. On sent qu'il leur faudrait un bonnet jaune et une robe de laine. Ils gagnent cent francs par jour, et les mangent aussitôt avec des filles. Leur existence est tout extérieure. Allez chez eux, s'ils ont un domicile. Vous les trouverez *campés* dans la vie parisienne. Pour donner un dîner, ils louent des couverts. Leurs meubles appartiennent au tapissier, ou bien ils sont inscrits sous le nom d'une femme. C'est que ces pirates viennent d'enlever un million.

3

Ils appellent l'argent à eux; ils essayent une opération. Si le coup réussit, ils achètent la moitié d'un département et se font comtes ou marquis; si l'*affaire* manque, ils partent pour Londres ou pour Madrid. Ils n'avaient rien à perdre, et ils ont vécu largement pendant quelques mois sur le fonds commun.

CHATEAUBRELAN. — Voilà une colère bien déplacée. Pourquoi empêcheriez-vous des gens intelligents de faire fortune? C'est la jalousie qui vous fait parler. D'ailleurs, les gens que vous accusez sont ceux qui tiennent le moins aux vanités du nom. Pour eux, le nom c'est le chiffre.

UNE DAME. — On ne commence pas la comédie?

MADAME DE NOUVELLE-ROCHE. — Encore une petite demi-heure, chère belle.

BOIS-KARADEC. — Bien des comtes et bien des marquis partiront pour la campagne et reviendront deux ans après sous le nom de Robineau ou de Cassenavet.

(Il se frotte les mains. — Le comte des Petites-Affiches lui jette un regard haineux.)

MADAME DE NOUVELLE-ROCHE. — On frappe les trois coups... C'est le proverbe qui commence ! (Le silence se rétablit.)

## DEUXIÈME TABLEAU.

Même décor que le précédent. — La scène se passe en 1859.

LE DOMESTIQUE, annonçant. — M. Truffard !

MADAME ROCHE. — Comment, c'est vous, Châteaubrelan

TRUFFARD. — Pour l'amour de Dieu, madame, taisez-vous!

je m'étais orné du nom d'un village que je croyais de ma amille. Mais, vous-même, votre nom me paraît *écloppé?*

MADAME ROCHE. — Il est moins *flambant*, voilà tout. M. Roche, après avoir été un honnête manufacturier, avait cru pouvoir s'*échiqueter d'argent et de gueules.*

TRUFFARD. — Et le voilà *contre-potencé!*

LE DOMESTIQUE. — M. Jules Croûton! M. Alfred Veaumarin?

TRUFFARD. — Tiens! c'est Petites-Affiches!

MADAME ROCHE. — Et ce pauvre Valmédiocre!

VEAUMARIN. — Le nom de Valmédiocre me déplaisait... j'ai obtenu du gouvernement la permission de prendre celui de Veaumarin.

LE DOMESTIQUE. — M. Pluchonneau!

PLUCHONNEAU. — Pluchonneau de Mérovingien... comme Bouchard de Montmorency.

CHATEAUBRELAN, à part. — Bah! lui aussi!

VEAUMARIN. — Vous ne remontez donc plus aux croisades?

PLUCHONNEAU. — J'en suis descendu... C'était trop haut..., la tête me tournait!

LE DOMESTIQUE. — M. Melchisédech Babylone!

PLUCHONNEAU. — Eh! c'est notre ami le baron Borgia!

MELCHISÉDECH. — On m'a sevré de ce pseudonyme!

PLUCHONNEAU. — Pourquoi m'avez-vous approuvé quand j'attaquais les Jacob de la Bourse?

MELCHISÉDECH. — Parce que j'en suis un. C'était pour mieux dissimuler...

LE DOMESTIQUE. — M. de Bois-Karadec !

(Mouvement de surprise.)

BOIS-KARADEC. — Ma foi, oui, j'ai gardé mon nom...

PLUCHONNEAU. — Mais vous avez déjà été condamné à cinquante francs d'amende et trois mois de prison.

BOIS-KARADEC, avec tristesse. — On veut que je m'appelle Corniflard ! Je ne veux pas m'appeler Corniflard ! Qu'on me condamne comme récidiviste !... Je me cramponne au nom de Bois-Karadec.

PLUCHONNEAU. —Vous savez que madame Roche a perdu la moitié de son nom ?

BOIS-KARADEC. — Il était pourtant fort avantageux... C'est par Nouvelle-Roche qu'on commence, c'est par Vieille-Roche qu'on finit.

PLUCHONNEAU. — Mais qui reste-t-il enfin ?

TRUFFARD. — Oh ! nous avons encore de vieux noms... Eugène de Mirecourt et Amédée de Cesena.

# LES GENS AIMABLES

# LES GENS AIMABLES

Il est midi. M. Roger de Beauvoir sort du passage Jouffroy et traverse le boulevard en fredonnant :

Air de *l'Artiste* (journal hebdomadaire).

Scribe peut aller vite
En s'aidant d'Halévy.
Ses gants et sa lévite
Sont tribut de Lévy.
Moi, qui vais sur ma tige,
Et n'ai plus d'abdomen,
On voit que je rédige
Hélas! chez Dollingen (*bis*).

Belle journée! le macadam est sec comme un éreintement. Je vais casser une côtelette et aller faire un tour au Bois. (Il entre au café des Variétés.) Garçon! viens ici, misérable! Regarde-moi bien en face. Est-ce que le regard de l'homme te fait peur? S'il te fait peur, dis-le!

LE GARÇON. — Que faut-il servir à monsieur?

ROGER DE BEAUVOIR. — As-tu vu Bourdois?

LE GARÇON. — M. Bourdois! pas ce matin.

ROGER DE BEAUVOIR. — Comment! tu veux me servir à déjeuner et tu n'as pas vu Bourdois!

(Le garçon impatienté va servir une autre personne.)

ROGER DE BEAUVOIR. — Une galantine et deux côtelettes! *voilà une demi-heure que j'attends.*

(Un jeune homme, orné de favoris naissants, s'approche timidement de l'auteur du *Chevalier de Saint-Georges*.)

LE JEUNE HOMME. — Vous ne me remettez pas, monsieur?

ROGER DE BEAUVOIR, avec effusion. — C'est vous, mon cher Trousseminard! asseyez-vous donc. Que j'ai de compliments à vous faire! (Trousseminard rougit.) Vous avez publié un feuilleton ravissant dans *l'Écho des Halles*. J'en causais hier avec Lamartine et le prince Filassopoff. C'est une belle page. Il y a de la jeunesse, du nerf; c'est enlevé. Je voulais aller vous voir. Qu'est-ce que vous faites maintenant?

TROUSSEMINARD. — J'ai présenté un acte à Beaumarchais.

ROGER DE BEAUVOIR. — Il aura du succès. Je veux faire quelque chose avec vous, ou plutôt avec toi, car tu es mon ami, tu me vas, tu me plais. Tu es une de ces natures trop rares aujourd'hui, qui, sous une apparence... Garçon! du café! Enfin, je veux te présenter à Cogniard. Nous allons lui proposer trois actes. Nous ferons le scénario en rentrant. C'est aujourd'hui mercredi. Nous lirons vendredi, et nous serons joués samedi.

TROUSSEMINARD, *émerveillé.* — Heureuse rencontre !

ROGER DE BEAUVOIR. — Connais-tu Cogniard ?

TROUSSEMINARD. — Non m'sieu.

ROGER DE BEAUVOIR. — Homme charmant ! il n'a rien à me refuser. J'ai une idée, un sujet palpitant, plein d'actualité :

## DELACOUR

OU

### LE TRIOMPHE DE LA TENUE

Tu vas voir ça. Voilà comme je fais les affaires, moi. Tu es mon meilleur ami ! viens avec moi. (*Ils sortent du café.*) Tiens ! je n'ai plus de cigares, allons en chercher.

TROUSSEMINARD. — Ça va retarder la pièce...

ROGER DE BEAUVOIR. — Ne crains rien. Nous rattraperons facilement ces quelques minutes. As-tu entendu parler de l'aventure d'André de Goy ? De Goy, étant allé hier chez son agent pour y toucher quelques fonds, sortit de la maison avec un billet de banque plié en huit qu'il tenait du bout des dents. Pendant qu'il cherchait son porte-monnaie, il lui prit une quinte et il avala le billet.

TROUSSEMINARD. — Ah ! le malheureux !

ROGER DE BEAUVOIR. — Siraudin et Choler arrivent sur ces entrefaites. « Mes amis, leur dit de Goy, voilà de ces choses qui n'arrivent qu'à moi : je viens d'avaler un billet de mille francs. » Siraudin conseille l'émétique, Choler des coups de poing dans le dos. On entre chez un pharmacien.

3.

Le moyen de Siraudin réussit, et on trouve un billet... de cent francs. De là le proverbe : *Sachons nous faire honneur des maux qui nous arrivent !*

TROUSSEMINARD. — Cette histoire ressemble à celle de Cléopâtre.

ROGER DE BEAUVOIR. — Moins le dénoûment. Quelle heure est-il ?

TROUSSEMINARD. — Une heure un quart.

ROGER DE BEAUVOIR. — Allons au Théâtre-Français. Nous irons chez Cogniard en revenant. Connais-tu Empis ?

TROUSSEMINARD. — Non, m'sieu.

ROGER DE BEAUVOIR. — Notre pièce pourrait très-bien lui aller. Seulement, ne va pas faire de bêtises, ne te marie pas dans la maison de Molière.

TROUSSEMINARD. — On dit que ça porte bonheur.

ROGER DE BEAUVOIR. — Au jeu seulement.

TROUSSEMINARD. — Cependant, Molière a fait des pièces qui ont réussi.

ROGER DE BEAUVOIR. — J'ai improvisé une chanson là-dessus, à un dîner chez le prince Filassopoff. En voici quatre vers :

> Molière, époux de la Béjart,
> Eut beaucoup de talent naguère.
> Madeleine épousant Uchard
> En a fait un second Molière.

Comment la trouves-tu ?

TROUSSEMINARD. — Très-encourageante.

(Passe M. Henri Delaage.)

HENRI DELAAGE. — Que je suis heureux de vous voir! Laissez-moi vous serrer la main... Encore! encore!

ROGER DE BEAUVOIR. — J'ai causé de vous toute la soirée d'hier.

HENRI DELAAGE. — Et moi, toute la semaine.

ROGER DE BEAUVOIR. — Permettez-moi de vous présenter un de mes bons amis, M. Jules Trousseminard.

HENRI DELAAGE. — Ah! monsieur, que je suis heureux de vous voir! Laissez-moi vous serrer la main... Encore! encore!

TROUSSEMINARD, ému. — Monsieur, vous en êtes un autre.

HENRI DELAAGE. — J'ai lu de vous une nouvelle, dans *la Casquette de Loutre*, qui est une merveille d'observation. C'est aussi beau que *le Magicien* d'Alphonse Esquiros.

TROUSSEMINARD, à part. — Si papa entendait tout ça!...

HENRI DELAAGE. — La comtesse du Potin, à qui j'ai porté votre histoire, en a été ravie. Je n'aime pas à faire des compliments, mais vous pouvez seul prendre la place d'Alexandre Dumas.

ROGER DE BEAUVOIR. — C'est ce que je dis à tout le monde. Ainsi, mon cher Trousseminard, voilà qui est convenu, j'irai vous prendre demain, car il est un peu tard pour aller aujourd'hui chez Empis...

TROUSSEMINARD, avec regret. — Vraiment? Voici mon adresse alors : rue Véron, à Montmartre.

ROGER DE BEAUVOIR. — J'y serai à six heures du matin.
Bonjour.

(Roger de Beauvoir prend le bras de M. Henri Delaage. Tous deux tirent de
leur poche un petit encensoir en fer-blanc et continuent leur promenade en
l'agitant de droite et de gauche.)

Trousseminard, rentré chez lui, saisit fébrilement sa
plume et écrit :

*A monsieur Trousseminard père, greffier,*

A FALAISE.

(Calvados.)

« Mon cher père,

» Me voici lancé. Mes relations s'élargissent de jour en
jour. Roger de Beauvoir me présentera demain à plusieurs
directeurs de théâtre. Tu comprends qu'avec cette recom-
mandation toutes les portes me seront ouvertes. Il paraît
qu'on a beaucoup parlé de moi chez le prince Filassopoff et
chez la comtesse du Potin. M. Henri Delaage a eu la bonté de
lui prêter mes feuilletons. La comtesse en a été charmée, et
elle a *trois filles.* Tu te moquais de moi quand je te disais
que j'étouffais à Falaise. Il me fallait un théâtre plus vaste.
C'est la vocation qui m'emportait.

» *Le Triomphe de la Tenue,* la pièce que nous allons faire
avec l'auteur de *Paris-Crinoline,* passera aussitôt après *le
Retour du Mari,* de M. Mario Uchard. Aie la bonté d'en in-
former toutes nos connaissances et de faire insérer cette
bonne nouvelle dans le journal de Falaise, auquel je per-

mets (comme faveur exceptionnelle) de reproduire ma nouvelle de *la Casquette de Loutre*. Maman m'a écrit de me défier des actrices et de ne jamais accepter de souper chez
elles. Tu peux la rassurer. Je n'en vois jamais, vu que je
n'ai pas de billets de théâtre. Or, comme elles ne me con-
naissent pas, elles ne peuvent m'inviter à leurs soirées. Du
reste, la plupart des actrices de Paris sont mariées et très-
sages. Je pourrais en citer un grand nombre, mais je ne le
fais pas à cause des autres.

» Tu te plains toujours que je te coûte trop d'argent; tu
ne sais donc pas ce que c'est que la gloire ! ce n'est pas que
je rougisse de toi, parce que tu es greffier, mais tu devrais
être fier d'employer tes appointements à me maintenir sur
un certain pied. Je veux qu'on parle de moi, je veux que
tout Falaise me rende justice un jour ! L'avoué Dussaignant
prétend que je fais des fautes de français, mais c'est la jalousie qui le fait parler. Sait-il si ce qui est Français à Paris
peut l'être également à Falaise? N'écoute pas ces critiques
envenimées, et continue d'avoir toute confiance en celui

» Qui se dit ton fils,

» Jules TROUSSEMINARD.

*P.-S.* — Aie la bonté de m'envoyer soixante-quinze
francs de supplément pour ce mois-ci. Pagès (du Tarn) re-
cevra cet hiver et j'ai besoin d'être bien vêtu. »

Chers lecteurs, ce serait par trop manquer d'usage
Que terminer ainsi cette joyeuseté,
Et je veux maintenant, à l'exemple du sage,
Tirer de mon récit une moralité.
Rien n'est plus gracieux que de s'entendre faire
Des compliments dorés combinés avec art,
Mais ce n'est trop souvent qu'un moyen de nous plaire,
Et n'y croyons jamais, comme Trousseminard.
Le grand poëte à qui l'on envoie un volume,
Et qui répond : « C'est beau ! c'est noble ! et plein de cœur !
Vous valez mieux que moi ; c'est à briser ma plume... »
Il faut s'en défier, ce n'est qu'un enjôleur.
Tous ces hommes charmants se font des créatures.
Quand de nous avoir vus ils se disent heureux,
C'est qu'ils comptent tout bas — aimables conjectures —
Combien de gens naïfs vont dire du bien d'eux.
Défiez-vous aussi des auteurs dramatiques :
Ceux-là vous promettront des résultats magiques...
      Mais qu'en sort-il toujours !
      Des ours.

# LA COLLABORATION

# LA COLLABORATION

Un appartement chez M. Delacour. — Ameublement somptueux. — Pipes sur la cheminée. — Au-dessus de la console, une miniature de Ravel. — A droite, une étagère surchargée de cartons. — Une table et ce qu'il faut pour faire des vaudevilles. — Portes au premier et au deuxième plan.

DELACOUR, seul, époussetant les meubles. — Midi et demi!... et Siraudin n'est pas encore arrivé... Que les gens sérieux deviennent rares! Voici l'époque du bénéfice de Brasseur; nous allons manquer une affaire importante...

AIR de *l'apothicaire.*

Siraudin me fera damner
Par sa folâtre insouciance.
Quand il s'agit de griffonner,
Il sait briller par son absence.
Toujours aux eaux, au turf, au bal,
Dans chaque wagon il s'emballe.
      (*Pointe.*)
Par ce moyen *original*,
Sa bourse restera sans balle!

Mais j'entends sonner... c'est lui sans doute... Non... c'est Lambert...

LAMBERT-THIBOUST. — Comment vas-tu, ma vieille? Je suis bien content de te voir. J'ai rencontré Carpier... ; il t'aime beaucoup. Il va reprendre *Paris qui dort*... à Bordeaux.

DELACOUR, avec bonne humeur. — Alors, c'est Bordeaux qui dormira.

LAMBERT, dominé par l'amour-propre. — Parce que la pièce sera jouée sans ensemble.

DELACOUR. — Est-ce que tu as quelque chose à me dire?

LAMBERT. — Non. Je viens travailler... Où est Siraudin?

DELACOUR. — Je l'attends. Travailler à quoi?

LAMBERT. — A la petite machine pour Brasseur. Nous en avons causé ensemble, *je suis de la pièce.*

DELACOUR. — Tiens! moi, qui ai rencontré Montjoie, je lui ai raconté le sujet, ce qui fait qu'il est aussi de la pièce.

LAMBERT. — Eh bien, nous serons quatre, voilà tout. On ne te nommera pas.

DELACOUR, froidement. — Par exemple! c'est ce que nous verrons. Pourvu que Siraudin n'ait rencontré personne...

LAMBERT. — Le titre est-il bon?

DELACOUR. — Il a de la gaieté :


## UNE DOUZAINE D'HUITRES

### OU

### TREIZE A TABLE

LAMBERT. — Ça fera bien sur l'affiche. Dormeuil sera content.

Air de *Marianne*.

Le rossignol dans le bocage,
Quand le coq a chanté le jour,
Fait entendre son doux ramage,
Le perroquet cause à son tour.
Le poulet piaule,
Le chat miaule,
L'orgueilleux paon se réveille en braillant.
Le crapaud coasse,
Le corbeau croasse,
Le merle siffle ainsi que le serpent.

ENSEMBLE.

Pour nous joyeux vaudevillistes,
Mêlant nos voix à tout ce bruit,
Tantôt rentiers, tantôt artistes,
Nous chantons le jour et la nuit.

SIRAUDIN, entrant. — Bravo, mes enfants, bravo! Où sont les pipes?

DELACOUR. — Voilà.

SIRAUDIN. — A propos, j'ai rencontré Édouard Martin; il est de la pièce.

DELACOUR. — Mais, sacrebleu! c'est abusif : nous voilà cinq à présent!

SIRAUDIN, avec sévérité. — Et quand nous serions six? quand nous serions vingt, la pièce en serait-elle meilleure? Prenez garde, Delacour; je vous le dis avec calme, sans colère, mais avec l'accent de l'honnête homme : vous faites fausse route, ma vieille!

DELACOUR. — Pourquoi donc cela?

SIRAUDIN. — Pourquoi? Je vais vous le dire :

*Air connu.*

T'en souviens-tu, qu'en dix-huit cent quarante,
Un beau jeune homme arrivait de Bordeaux?
Il n'avait pas dix mille francs de rente,
Mais il avait un pal'tot sur le dos.
Il fut reçu gentiment par Guénée...
Chacun de nous l'aida de sa vertu.
Il fut joué! c'était sa destinée!
Ah! Delacour, dis-moi, t'en souviens-tu?

DELACOUR, essuyant une larme. — Allons, pas de bêtises... Tu sais bien que j'ai bon cœur...

SIRAUDIN. — Tu me promets de ne plus attaquer la collaboration?

DELACOUR, levant une main au ciel. — Je le jure.

SIRAUDIN. — C'est bien; n'en parlons plus.

ENSEMBLE.

Sans paraître maniaque,
J'aime ma position.
Je ne veux pas qu'on attaque
La collaboration.

DELACOUR.

Sans paraître maniaque,
Il aime sa position.
Il ne veut pas qu'on attaque
La collaboration.

LAMBERT.

Sans paraître maniaque,
Tu chéris ta position.
Tu ne veux pas qu'on attaque
La collaboration.

(Tous trois forment la chaîne et dansent autour de la table.)

LAMBERT, essoufflé. — Ouf! Il s'agit de travailler maintenant... A propos, cherchez donc quelque chose pour Lassagne... Si on ne lui faisait plus de rôles, ce serait un *Lassagnessinat*. (Il rit.)

DELACOUR. — Nous en causerons. C'est à quatre heures qu'arrivent les collaborateurs de la Revue de fin d'année : Clairville, Henri de Kock, de Jallais, Dutertre, Colliot, Xavier Veyrat, et quelques autres.

SIRAUDIN. — Eh bien, prenons rendez-vous pour mercredi. (Il écrit sur son calepin.) Une idée pour mercredi.

LAMBERT. — Et passons à la *Douzaine d'huîtres*.

SIRAUDIN. — Voilà la chose. M. Veauminet..., un rentier de province..., un mercier retiré..., vient à Paris pour chercher un gendre à sa fille Poulotte. Il veut à toute force un Parisien pour gendre... C'est son idée, à c't homme!... c'est sa toquade... Il veut un Parisien, quoi!... Au lever du rideau, il va se mettre à table... Le théâtre représente une chambre d'hôtel meublé...; un couvert est mis sur le guéridon... C'est alors qu'il raconte la chose au public..., comme quoi il a fait mettre dans les *Petites-Affiches* un avis à cinq sous la ligne... : « Un mercier retiré désire trouver un gendre beau, bien fait, spirituel... »

LAMBERT. — Et vacciné. Ça réussit toujours.

SIRAUDIN. — Au milieu du monologue, le garçon lui apporte une douzaine d'huîtres... Veauminet la dévore et s'aperçoit trop tard qu'ils étaient *treize à table!*... Il se lamente... C'est un mercier superstitieux... Bien sûr, il lui arrivera quelque chose... A toi, Delacour !

DELACOUR. — Veauminet avait son neveu pour commis. Ce neveu, il l'a renvoyé parce qu'il faisait la cour à Poulotte...

LAMBERT. — Il faut abréger ça. Il me semble que Veauminet peut raconter son histoire pendant toute la pièce. Il commence, mais paf! voilà un monsieur qui arrive de la part des *Petites-Affiches*. Une scène, puis Veauminet continue. Un bonhomme arrive encore. Il se débrouille avec lui, puis il reprend son histoire, et toujours comme ça. Quand la pièce est terminée, Veauminet veut toujours continuer son histoire, et le rideau tombe au moment où, parlant au public, Brasseur s'écrie : « Enfin, Messieurs, pour vous terminer... » Tu comprends?

DELACOUR. — Oui, faudra voir (il écrit en marge : « à creu-ser.) »

SIRAUDIN. — Aucun de ceux qui se présentent pour gendres n'est Parisien...

LAMBERT. — Et il est obligé de donner sa fille au garçon de l'hôtel.

DELACOUR. — Ce garçon d'hôtel pourra être son neveu qu'il avait renvoyé et qui est reconnu de Poulotte.

SIRAUDIN. — Alors, pour que ça finisse bien, son neveu lui avoue qu'il ne lui a servi que onze huîtres.

DELACOUR. — Parce qu'il en a mangé une dans l'es-calier.

LAMBERT. — Et l'oncle, en l'embrassant, s'écrie : « C'est égal, voilà la douzaine au complet! » ou quelque chose comme ça...

DELACOUR. — C'est très-drôle.

SIRAUDIN. — Ma foi! mes enfants, je crois que ça marchera carrément.

DELACOUR. — Ça manque de situations. Il faut fouiller, messieurs. On ne fait pas une pièce comme on avale un verre d'eau. Étudions bien le scénario. Songeons-y chacun de notre côté et revoyons la machine.

LAMBERT. — J'aime ce sujet, parce qu'il y a de la fan-taisie... et un petit côté littéraire.

SIRAUDIN. — J'entends des pas..., on vient...

DELACOUR. — Ce sont les collaborateurs de la Revue...

Air des *Deux Maîtresses*.

## CHOEUR DES COLLABORATEURS.

Dans la revue,
Pas de bévue,
Car nul de nous n'est un gâte-métier.
Et le Gymnase
Qui s'empégase,
Restera seul avec Émile Augier.

## LAMBERT.

De Dumas fils paralysons la plume
Et de Barrière étonnons les ardeurs.
Que *Dalila* rentre dans son volume!
Rendons la scène aux joyeux débardeurs!...
Qu'on dise à table :
Vin délectable!
Les mêmes mots doivent rimer entre eux.
Et que la gloire
Et la victoire
Mêlent leurs chants aux soupirs amoureux.

## SIRAUDIN.

Mourier, Dormeuil, et vous Cogniard féeriques,
Laissez Empis, reprendre *Feu Waflard*...
Nous saurons bien faire aller vos boutiques,
Avec Grangé, professeur de billard !

TOUS.

Dans la Revue,
Pas de bévue,
Car nul de nous n'est un gâte-métier.
Et le Gymnase,
Qui s'empégase,
Restera seul avec Émile Augier !

(Danses, cris de joie. La toile tombe.)

# MESSIEURS

# DE LA CRAVATE BLANCHE

# MESSIEURS
# DE LA CRAVATE BLANCHE

Une heure du matin. La nuit est sereine ; des milliers d'é
toiles scintillent dans les profondeurs du ciel comme des
paillettes d'argent dans la chevelure d'une femme. La lune
apparaît avec des reflets dorés au-dessus de la maison de
M. Millaud, rue Richelieu. — Le boulevard est désert. Les
sergents de ville, protecteurs des montres et du sommeil, se
promènent silencieusement, observant l'obscurité et conte-
nant du regard les gens à qui des libations copieuses ont
inspiré le goût de la musique.

Un personnage, douillettement emmitouflé, apparaît au
coin de la rue du Helder. Son col aux suaves contours est
orné d'une cravate blanche. Il est couvert d'un par-dessus
d'où s'échappent les pans d'un habit noir, semblables aux
ailes d'un hanneton. — Barbe d'opéra-comique. Cette personne distinguée est M. Louis Énault. L'auteur de *la Vierge du
Liban* marche coquettement sur la pointe de ses petits pieds.

En ce moment, Adolphe Gaïffe, chargé de décorations

4.

étrangères, sort de chez Bignon, un cigare aux dents, et M. Armand Baschet descend d'un fiacre dont les stores ne sont pas baissés.

Ces messieurs se reconnaissent et entrent en conversation.

GAÏFFE. — Par don Rodrigue de Bivar, je suis fort aise de vous rencontrer, messeigneurs. Plaise à Notre-Dame et aux chastes étoiles de vous tenir en joie! Je suis le descendant de don Gayferos, époux de Mélysandre, celui-là même qui jouait au tablero du roi Carlos.

M. LOUIS ÉNAULT. — Je suis sur les dents. J'ai valsé, j'ai contredansé. Je transpire comme une nouvelle diplomatique. D'honneur, j'en aurai la coqueluche. Que dirait Hachette s'il me voyait en cet état!

ARMAND BASCHET. — Également j'ai passé ma soirée dans le monde. Ah! je suis charmé, ah! écoutez, je suis charmé.

GAÏFFE. — La chevalerie est morte; elle est morte sous les risées. C'est Cervantès Saavedra qui l'a tuée. Voyez, dans son roman sacrilége et funeste, ce héros des Espagnes, aussi vaillant que le Cid, mais plus chevalier que lui. Voilà l'homme de cœur dans toute la beauté du mot, voilà la folie de l'épée.

ARMAND BASCHET. — C'est de don Quichotte que vous parlez? Ah! ça m'a bien fait rire, ah! écoutez, ça m'a bien fait rire. (Il se tord.)

M. LOUIS ÉNAULT. — Comment n'êtes-vous pas des soirées de M. Pitre-Chevalier?

ARMAND BASCHET. — N'est-ce pas un peu mêlé?

M. LOUIS ÉNAULT, se récriant. — Que dites-vous? mais on y voit M. Paul Foucher, madame Mélanie Waldor, M. Chadeuil, le docteur Aussandon, le baron Officiel, tout ce que Paris renferme de gracieux et d'élégant.

ARMAND BASCHET, avec cynisme. — Moi, j'aime les vieilles femmes, on ne risque pas d'en devenir amoureux.

M. LOUIS ÉNAULT. — Mon Dieu! je ne les déteste pas. Les jeunes femmes dansent, rêvent et s'occupent de toilette, tandis que, la conversation étant l'unique ressource des dames âgées, elles parlent de vos livres, elles s'occupent de vous. Une vieille femme représente comme publicité deux annonces dans un journal.

ARMAND BASCHET, avec un geste d'intrigant. — Et puis elles vous poussent dans la diplomatie.

GAÏFFE. — Voyant que les Mores occupent nos guérets et que les braves compagnons des Asturies sont disséminés, j'ai creusé une fosse et j'y ai enfoui mon épée. Puis, j'ai couvert d'un crêpe les armes de mes ascendants, et je me suis fait cette devise :

*Hugo ne puis, Dumas ne daigne, Gaïffe je suis!*

M. LOUIS ÉNAULT. — Moi, je voudrais être chef de bureau.

ARMAND BASCHET. — Également je cours après les honneurs. Ah! écoutez, je voudrais être honoré.

GAÏFFE. — Il n'y a aujourd'hui que la finance qui puisse nous donner les commodités de la vie.

M. LOUIS ÉNAULT. — Une jeune fille indigène est amoureuse d'un officier français...

ARMAND BASCHET. — Qu'est-ce que c'est que ça?

M. LOUIS ÉNAULT. — Je vous raconte *la Vierge du Liban.*

GAÏFFE. — Flanquez-nous la paix. C'est déjà bien assez de l'écrire!

M. LOUIS ÉNAULT. — Il vous appartient bien de me railler, vous qui passez votre vie à ne rien faire...

GAÏFFE. — Holà! messieurs, vous m'irritez. Est-ce donc un métier si difficile que celui que vous faites? La méthode en est précise et simple, et je ne saurais la suivre mieux que vous. Nous allons voir si vous n'avez point oublié votre leçon. Élève Baschet, quels sont les genres divers que comporte le roman!

ARMAND BASCHET. — Le roman peut être : pastoral, social, maritime, gymnastique, colonial, historique, etc...

GAÏFFE. — A quel genre appartiennent *Monte-Cristo, Ascanio, les Mousquetaires?*

ARMAND BASCHET. — Au genre gymnastico-historique. On y rencontre des personnages qui sautent d'un troisième étage et qui retombent sur la pointe du pied. Le héros y traverse l'Océan à la nage et fait des tire-bouchons avec les piliers des réverbères à gaz.

GAÏFFE. — Élève Énault, virons de bord et entamons le roman maritime.

M. LOUIS ÉNAULT. — On amarre, on file des nœuds vent arrière ou vent debout, on va de bâbord à tribord. On soupire dans l'entre-pont et l'on se donne des rendez-vous dans la cambuse. Le pirate est indispensable et le naufrage de rigueur.

ARMAND BASCHET. — Le naufrage est une situation qu'on ne peut guère envisager d'un œil sec.

GAÏFFE. — Élève Énault, passez au roman colonial.

M. LOUIS ÉNAULT. — Des boucaniers, des bananes, une panthère, plusieurs boas constrictors et une forêt vierge au moins...

GAÏFFE. — Faites un canevas.

M. LOUIS ÉNAULT. — Le nègre Necao a juré de manger la chevelure du mulâtre Maradan. Il se glisse à travers les joncs qui croissent auprès du morne aux Tigres et enlève à coups de hache la tête de son ennemi. De retour de sa hutte, Necao se livre à son horrible festin, et les cheveux de Maradan ne tardent pas à l'étouffer.

GAÏFFE. — Combien l'almanach romantique reconnaît-il de mois à l'année?

M. LOUIS ÉNAULT. — Trois seulement : janvier avec les chasses, les avalanches et les étangs glacés qui engloutissent les amoureux trop confiants ; août, le mois des séductions torrides et des amours adultères ; puis, le fiévreux octobre avec ses nuées de feuilles mortes et ses chœurs de phthisiques qui lèvent les yeux au ciel en buvant à plein verre de l'huile de foie de morue.

GAÏFFE. — Quelles sont les quatre écoles différentes dans le style descriptif en général?

M. LOUIS ÉNAULT. — Botanique, zoologique, minéralogique et minutieuse.

GAÏFFE. — Donnez des exemples.

M. LOUIS ÉNAULT. — Portrait d'une jolie fille. École botanique : Marguerite était blanche et pure comme un lis à son premier matin ; ses yeux étaient bleus comme la campanule des champs, sa chevelure odorante comme les grappes fleuries de l'acacia, et ses lèvres plus fraîches qu'un œillet rouge où perle la rosée. Avec une tige et quelques étamines, le portrait sera complet.

GAÏFFE. — École zoologique?

M. LOUIS ÉNAULT. — L'école zoologique nous peindra Fauvella avec une taille de gazelle, une voix de rossignol, le regard fascinateur du serpent et la souplesse du tigre. — Argentine, dira la minéralogie, avait des dents de perles et des lèvres de corail, des yeux de jais et un cou d'albâtre. Elle brillait comme un diamant limpide dans le monde où le sort l'avait jetée, et l'on aurait oublié auprès d'elle tous les trésors de Golconde et d'Almaden.

GAÏFFE. — Passez à l'école minutieuse.

M. LOUIS ÉNAULT. — Le vendredi 13 octobre 1831, Marie-Thérèse-Angèle de Châteauneuf comptait dix-sept années, trois mois et onze jours. La blancheur de sa peau était déparée par une tache imperceptible un peu au-dessus de la tempe gauche. Sa chevelure était entièrement noire, à l'exception d'un cheveu de couleur rougeâtre qui n'échappait point à l'œil de l'observateur, etc., etc.

ARMAND BASCHET. — C'est bien ça, ah! écoutez, c'est bien ça!

GAÏFFE. — Vous savez, il est vrai, votre catéchisme, mais cela ne vous sert pas à grand'chose. Vous êtes obligés d'aller courir le monde pour trouver une malheureuse idée. Vous ne savez pas voir ce qui vous entoure. Vous, Baschet, vous allez à Venise. On vous communique des documents précieux, et vous nous rapportez une petite galette de quinze pages. Quelle a été votre préoccupation? D'être présenté dans les salons. A quoi bon, si vous n'y voyez rien?

ARMAND BASCHET. — Permettez; j'y ai vu des messieurs, j'y ai vu des dames. Ah! écoutez, j'y ai vu des dames.

GAÏFFE. — Vous en adoriez une, m'a-t-on dit. Elle était prête à répondre à votre amour...

ARMAND BASCHET. — Ah! écoutez, n'entrez pas dans ma vie privée.

GAÏFFE. — Je resterai sur le seuil. Qu'arriva-t-il? C'est que pouvant être aimé d'une femme charmante, vous fîtes ce petit raisonnement : une liaison est compromettante. Si on venait à s'apercevoir de quelque chose, on m'introduirait à la porte, et cela me ferait un salon de moins. Sacrifions nos sens et notre cœur!

ARMAND BASCHET. — La tranquillité des parents, la sûreté des familles...

GAÏFFE. — Vous appartenez tous les deux, mes amis, à la grande confrérie des cravates blanches. On rencontre partout dans Paris des bonshommes qui viennent on ne sait d'où. Ils ont un habit noir, des gants paille ; ils vont partout, et un beau jour ils sont devenus quelque chose, sans que personne sache ni pourquoi ni comment.

M. LOUIS ÉNAULT. — Mais je travaille beaucoup.

GAÏFFE. — Vous vous répandez trop. Rien de saillant dans vos écrits. C'est fade, c'est diffus.

BASCHET. — Ah ! si j'étais beau comme l'un de vous deux !

M. LOUIS ÉNAULT. — Baschet, finissez vos manières !

GAÏFFE. — Énault est trop beau pour travailler et trop travailleur pour rester beau. Une dame qui l'a vu hier, dans un salon, demandait à son voisin : « Quel est donc ce monsieur qui a une si jolie tête? On dirait le dentiste de Jésus-Christ. »

M. LOUIS ÉNAULT. — C'est bien. On verra plus tard qui je suis. En attendant, je vais me remettre au travail, et j'aurai du succès, je le jure sur la tête de Lahure... successeur de Crapelet.

GAÏFFE. — Quelle heure est-il?

M. LOUIS ÉNAULT, avec intention. — Allez le voir au *cadran Solar!*

M. Énault va de son côté, M. Gaïffe du sien, M. Baschet remonte dans son fiacre. La lune disparaît.

# UN TRIO DE ROMANS

# UN TRIO DE ROMANS

Parmi les oisifs et les gens d'affaires qui déjeunaient ce matin au *Café des dix Colonnes*, tenu par le sieur Feuilleton, on remarquait trois personnages encore jeunes dont l'air et la tournure n'étaient pas ceux de tout le monde. Si quelqu'un des passants avait demandé leurs noms à M. Michel Masson, agent-général de la Société des gens de lettres, M. Michel Masson lui eût répondu :

— Le premier est M. Henry Murger ; le second est M. Champfleury ; le troisième est M. Charles Monselet.

Après avoir fait enlever la vaisselle qui encombrait leurs tables, ces messieurs ont demandé *ce qu'il faut écrire*, et se sont mis à l'ouvrage.

M. CHAMPFLEURY, écrivant. — JEAN CHOUYOU, *souffrances domestiques des Porteurs d'eau.* — Chapitre premier. — Les personnes qui passent à huit heures du matin par la rue Grégoire-de-Tours, ont pu remarquer au pied d'un mur humide et lézardé qui se trouve sur la droite, un peu avant d'arriver dans la rue de Buci, un amas d'ordures dont l'observation ne manque pas d'intérêt. C'est un amas pittoresque de bouts de carottes, de cosses de pois, de feuilles de salade, d'arêtes de poisson et autres rebuts. A de certaines saisons, les côtes odorantes du melon et la peau fine et rouge de la tomate viennent augmenter l'attrait du coup d'œil. Les os y sont rares, on les vend jusqu'à trois sols la livre pour fabriquer du *noir animal*, denrée qui sert à raffiner le sucre.

M. HENRY MURGER. — MISÈRE ET PRINTEMPS, *scènes de Peinture et d'amour*. — Au mois de mai dernier, un jeune couple monta lestement dans l'omnibus qui conduit les voyageurs depuis la station d'Enghien jusqu'à Montmorency. Le ciel était bleu comme un prussien. Les rayons du soleil s'allongeaient comme des cils lumineux autour de cet œil éclatant dont le regard nous échauffe et nous réjouit. Les arbres, tout couverts de bourgeons et de fleurs, agitaient leurs panaches parfumés où les oiseaux, secouant la sonnette de leur satisfaction, semblaient donner la répétition générale de l'opéra du printemps.

M. CHARLES MONSELET , se parlant à lui-même. — Je n'aurai jamais fini !... Faire à la fois ma nouvelle pour *la Presse* et le cinquième numéro du *Gourmet*, journal des intérêts gastronomiques... Enfin ! (il écrit.)

LA FEMME PASSIONNÉE. — Chapitre premier. — La comtesse Berthe de Riflis venait d'atteindre sa vingt-septième année, et jusqu'à ce moment, sa conduite avait été irréprochable. Les escargots à la bordelaise demandent à être cuits à grand feu, en prenant garde, cependant, de ne pas faire brûler les coquilles, ce qui serait infect. Elle avait résisté aux séductions dont elle était entourée, aux hommages des jeunes gens, aux assiduités des vieillards. Le comte de Riflis, son époux, ne lui savait aucun gré de sa vertu. C'était un homme de mœurs douteuses et d'une réputation fort entamée. On l'avait surpris quelquefois volant au jeu, ce qui avait éloigné de lui quelques personnes austères. Après avoir haché votre ail et votre persil, vous prenez une mie de pain et mêlez le tout. Il suffit d'un instant pour faire votre *roux*.

M. CHAMPFLEURY, continuant. — Un homme sale et mal mis, appartenant à la lie du peuple, s'arrêta devant les immondices. Cet homme, c'était Jean Chouyou, notre héros. Il les considéra avec une attention pleine d'amour; puis, tout à coup, il pâlit horriblement.

« — Mon Dieu, murmura-t-il sourdement, elle ne m'aime plus? »

Cet homme aux larges épaules, aux cheveux roux, aux mains noires et velues, aimait éperduement une femme de journée qui faisait le ménage de M. Nourrichet, employé du Mont-de-Piété. Cette femme, nommée mademoiselle Porquin, avait coutume d'indiquer des rendez-vous à son amoureux par la disposition des morceaux de navet et par l'arrangement des cosses de pois. C'est ce que les Orientaux appellent *selam*.

M. HENRY MURGER. — La jeune fille portait une capote rose dont les reflets donnaient à ses joues une animation qui dé-

guisait mal son état maladif : Berthe était poitrinaire! Théodore, son compagnon, n'avait rien mangé depuis trois jours.
Il était peintre, et la misère habitait son atelier; encore la
misère devait-elle trois termes!

M. CHARLES MONSELET. — Voici comment s'accomplit dans
le cœur de la comtesse de Riflis le bouleversement qui devait
décider de son avenir. Avant de faire cuire vos escargots,
informez-vous s'ils ont jeûné le temps suffisant. Faute de
cette précaution, vous auriez une nourriture malpropre.
Élevée au couvent de Sainte-Conradine, la comtesse avait
puisé dans l'éducation religieuse ce calme et cette sérénité
qui sont comme un rempart où le bélier du libertinage ne
saurait faire brèche. Faites cuire des haricots rouges avec
deux ou trois oignons. Passez en purée et mouillez. Ajoutez
du beurre et versez sur des croûtons frits. Femme du monde
avant tout, nature délicate comme la sensitive, elle ne pouvait guère... Le saumon doit suer à la braise... Eh! douce-
ment, j'allais mettre la comtesse à la sauce aux câpres...

M. CHAMPFLEURY. — Mademoiselle Porquin était une femme
de quarante ans. Une petite moustache brune ombrageait sa
lèvre, et un énorme bouquet de poils jaillissait d'une tache
foncée placée sur sa joue droite. Elle portait un bonnet
tuyauté, une espèce de bonnet acariâtre et grinceux qui lui
avait été donné pour sa fête par M. Nourrichet.

M. HENRY MURGER. — Berthe et Théodore se rendirent chez
leur nourrice, où une tranche de jambon, assaisonnée d'insouciance, les attendait dans l'assiette de la cordialité.

M. CHARLES MONSELET, ayant complétement perdu le fil de sa narration. — La comtesse avait pour cuisinier... c'est-à-dire... pour confident, un vieil ami de son père, qu'on disait très-friand de raie au fromage. C'est à lui qu'elle avait raconté ses désillusions et ses larmes, quand, garnie de petits oignons rissolés, et remise au four pour prendre couleur avec une petite couche de fromage râpé... Ta ta ta! je m'enfonce. Il est fort difficile de mener de front la cuisine et le cœur humain.

M. CHAMPFLEURY, interrompant son travail. — L'observation est la source éternelle de romans intéressants et vrais. Pourquoi je ne sais quels freluquets vont-ils se creuser la tête, quand ils n'auraient qu'à regarder autour d'eux pour écrire! Tout est chef-d'œuvre pour qui sait voir : l'amour du fort de la halle, la prise de tabac du commissionnaire, le sourire du concierge, le mouchoir à carreaux du marchand de vins!

M. CHARLES MONSELET. — Moi, j'aime les roses, le rire franc, les femmes folâtres, l'aï pétillant. Je suis du grand parti de Cupidon. Vive Cupidon!

M. HENRY MURGER. — Croyez-vous sérieusement que Cupidon puisse s'arranger de vos recettes de salmis et de lapin sauté? Prenez-y garde, *ceci tuera cela*.

M. CHAMPFLEURY. — Il y a dans une cuisine, comme partout, matière à observation. Par la manière dont les casseroles sont fourbies et placées, je veux dire à coup sûr le caractère et le tempérament de la cuisinière.

M. HENRY MURGER, riant. — Avec le lieu de sa naissance et l'âge de son cousin...

M. CHARLES MONSELET. — S'il faut vous l'avouer, j'ai voulu couper la queue de mon chien.

M. HENRY MURGER. — Rien de mieux quand l'attention publique est distraite ou occupée ailleurs; mais vous allez trop loin, *vous éventrez votre chien.*

M. CHAMPFLEURY. — On a de la chance ou on n'en a pas, voilà tout. L'homme qui annonce pompeusement qu'il va escalader quelque chose, trouve toujours des imbéciles pour lui tenir l'échelle et lui prêter leur dos au besoin.

M. CHARLES MONSELET. — J'ai fait de la satire avec un certain éclat, j'ai fait de la critique, j'ai fait des romans comme tout le monde; eh bien, je ne trouve pas qu'on me sache assez gré du travail accompli. C'est ce qui m'a décidé à faire de la cuisine.

M. HENRY MURGER. — Pourquoi pas de la peinture? Je ne suis pas connaisseur en tableaux, mais je suis connaisseur en peintres. Voila des gens intéressants!

M. CHAMPFLEURY. — Un peu trop distingués. Les toiles d'araignée, la moisissure, le pain bis, le jambon fumé donnent à un roman je ne sais quoi de réel et de vivant que la palette, les pinceaux et le chevalet ne rendront jamais avec autant de cachet.

M. HENRY MURGER. — Un cachet de mauvaise compagnie!

M. CHAMPFLEURY. — Il n'y a pas de mauvaise compagnie.

M. CHARLES MONSELET. — Messieurs, la discussion ne con-

vertirait aucun de nous à l'opinion de son voisin. Déjeunons
à côté les uns des autres; mais, une autre fois, que chacun
aille écrire chez soi.

(A Champfleury.)

Il faut à vos romans un vieux célibataire,
Une gastrite, un asthme et parfois un ulcère;
Tout ce qui peut grouiller, puer et faire horreur,
Ou donner la nausée ou soulever le cœur...
Et, si vous observez, vous observez par terre.
Il est des rats dans les greniers et dans l'égout.
Si je devenais chat — trouvant des rats partout,
Je chasserais plutôt au grenier — c'est mon goût.

M. HENRY MURGER.

Je viens d'apercevoir un peintre qui chemine
Le long du boulevard; mes amis, parlons bas!
Je vais le suivre. Il faut ainsi que je butine...
Ce roi des ateliers ne m'échappera pas!

(Il se met à la poursuite du peintre.)

M. CHAMPFLEURY, croyant parler en vers.

Tout ce que vous pourrez dire m'inquiète fort peu,
Et ne m'empêchera pas de continuer.

# CE QU'ON NE VOIT PAS

# CE QU'ON NE VOIT PAS

C'est ce matin même que le prince Friedrick de Kiesslin-bercanonbrugghe a quitté Paris. Le prince, accompagné de son précepteur, le célèbre Athanase aîné, s'est rendu à la gare du Nord dans le fiacre n° 226,379. Le fait a été consigné dans tous les journaux, et M. Paul d'Yvoi en a fait le sujet d'une palpitante causerie ; mais ce qu'on ignore, ce sont les événements intimes qui ont précédé ce départ.

Le prince Friedrick, bien que harcelé par sa famille, ne pouvait se décider à quitter la capitale de la France. Hier au soir, le célèbre Athanase aîné trouva son élève tout en pleurs et presque évanoui sur sa caisse à chapeau.

— Prince, lui dit-il d'une voix émue, je ne comprends rien à votre désespoir. Que regrettez-vous à Paris? Est-ce Brasseur? est-ce *la Semaine financière?*

— Athanase, je regrette tout' Ma maitresse si fidèle ; ce

luxe et ce goût exquis qu'on ne trouve qu'ici, les théâtres
où je pleure comme un enfant, et le vicomte de Castelfondu,
ce jeune gentilhomme dont j'ai fait la connaissance chez
Bignon et qui est devenu mon plus fidèle ami.

Athanase aîné leva les yeux au plafond.

— Prince, s'écria-t-il, vous voyez toute chose à travers un
prisme ; et, bien qu'il me soit cruel de vous enlever vos
illusions, la sincérité de votre douleur me décide à le faire.
Je ne suis pas Allemand pour rien ; j'ai été le précepteur
d'Hoffmann et j'ai quelque connaissance dans le grand art
de la magie. Vous regrettez ces drames à effet qui vous
faisaient vivre pendant quelques heures de la vie des personnages imaginaires. Vous avez cru à des passions, à des
vertus? Votre naïveté ne s'est accrochée qu'à des semblants.
Regardez et écoutez !

Le fond de l'appartement s'ouvrit. Le prince regarda et
écouta :

## PREMIER TABLEAU

### Le cabinet de M. d'Ennery.

ANICET BOURGEOIS. — Ma foi ! nous ferions bien de reta-
per la vieille machine.

D'ENNERY. — Le quatrième acte vient si mal !

ANICET. — Nous ne pouvons guère refaire *la Grâce de
Dieu* pour la centième fois.

D'ENNERY. — Hostein nous presse trop.

ANICET. — Allons donc! le titre est ronflant... je te dis que ça fera l'affaire!

## LA MENDIANTE DES ALPES

### OU

### L'AVEUGLE PAR AMOUR

D'ENNERY. — Oui... et on dira : « Cette pièce de deux habiles faiseurs n'a pas moins réussi que ses aînées. On y reconnaît la main qui a charpenté tant d'actes et tant de tableaux, le savoir-faire, les procédés, le goût du public... Cette vieillerie sera jouée cent fois. On l'a beaucoup applaudie, mais au fond ça ne vaut pas le diable; etc. » Anicet, mon vieux complice, sais-tu que ça m'embête, à la fin?

ANICET. — Laisse donc!... C'est bon pour les grimauds de faire des chefs-d'œuvre qu'on ne jouera jamais!

D'ENNERY. — La comtesse me taquine... cette drôlesse-là, qu'est-ce que nous allons en faire au quatrième acte?

ANICET. — Ma foi! j'ai envie de la faire empoisonner...

D'ENNERY. — Il n'y a que ce moyen! Le comte a acheté un domestique du château... ancien forçat libéré... C'est lui qui verse le poison... une petite fiole que Rinondottieri a rapportée de Florence... Et Berthe-Marie, que devient-elle?

ANICET. — Il me paraît bon de la faire maudire par sa mère... à cause de l'enfant... Paul Lambert, qui l'a séduite, refuse de l'aborder au carrefour des Trois-Ormeaux, de peur de la compromettre... Elle reste seule et désespérée... Monologue.

D'ENNERY. — Si nous lui collions un peu de délire ?

ANICET. — Oui... une portion de délire... c'est en situation.

D'ENNERY. — Entrée du docteur à qui Paulin Ménier a tout appris... Le docteur s'attendrit.

ANICET.— Mais nous avons dit plus haut que c'est une nature de fer !

D'ENNERY. — Ça ne fait rien... nous pouvons maintenant l'animer de sentiments généreux...

ANICET. — Il aura pensé à sa mère, alors?

D'ENNERY. — Parbleu !... Il arrive au moment où Pierre est un peu inquiet parce que sa fille n'est pas rentrée depuis un an... Il lui dit : « Je vous la ramène... Mais il y a un petit !... » Alors Pierre s'écrie : « Mais l'honneur ! l'honneur ! le nom de Pierre Sabochard a toujours été sans tache... » Tu vois ça d'ici ?

ANICET. — Bravo! tous! tous!

— Assez! s'écria le prince, j'ignorais que ces œuvres qui captivent chaque soir l'attention de braves et honnêtes gens, pussent s'obtenir par de pareils procédés.

— Aussi, prince, dit Athanase, le théâtre châtie les mœurs comme le fouet que Jean-Jacques recevait de la main de mademoiselle Lambercier, — en les corrompant.

— Mais Anita, ma gracieuse amie, ne la crois-tu pas sincère? Elle a voulu mourir parce que je lui démontrais l'impossibilité de l'emmener en Allemagne...

— Elle a voulu mourir, dites-vous? C'est ce que nous allons bien voir!

## DEUXIÈME TABLEAU

La chambre d'Anita, rue Pigale. — Murailles enrubannées. — Alcôve sombre, lit capitonné. — Plusieurs glaces. — Encombrement de potiches.

Anita est occupée à sa toilette. Après s'être frottée de cold-cream, la belle et naïve enfant se couvre d'une poudre odoriférante qui lui donne la blancheur de la neige. Elle ajoute par une légère couche d'encre de Chine à l'abondance de ses sourcils et encadre ses yeux d'un pastel espagnol qui en rehausse l'éclat, tout en les élargissant d'une manière démesurée. Les pommettes de ses joues de vingt ans prennent ensuite une légère couleur incarnat (fraîcheur à 1 fr. le pot) :

> Car toujours la peinture
> Embellit la beauté!

Anita se pose devant une armoire à glace et se contemple avec satisfaction. Elle va prendre sur le fauteuil voisin un corset de soie rose et l'inonde d'essence de violettes.

A ce moment, la porte s'ouvre. Entre M. Anatole. Torse pélasgique, pieds carrés, mains énormes ; une armoire qui marche ; grosses lèvres, teint rubicond, œil bête et rond, barbe touffue.

ANITA, lui sautant au cou. — C'est toi m'amour?

M. ANATOLE. — Credié! que tu sens bon! les chiens doivent te suivre... Ah ça! pars-tu ou ne pars-tu pas?

ANITA. — J'ai mon *muffe* d'Allemand qui ne veut pas m'emmener! Qu'est-ce qui aurait pensé ça d'un serin qui faisait du sentiment à la tranche!

M. ANATOLE. — T'as peut-être pas assez pleuré?

ANITA. — Pour combien lui en faut-il donc? Je me suis fendue d'un litre de pleurs... En v'là une scène à l'oignon. Puis, je m'en bats l'œil, j'aime autant rester... On n'est pas assez rigolo dans son pays!...

— Athanase! s'écria le prince, j'ai l'estomac bouleversé. Lâche-moi vite cette drôlesse, et passons à mon fidèle ami, le vicomte de Castelfondu...

— Voilà, dit Athanase.


## TROISIÈME TABLEAU

Rue de Provence. — Un entre-sol. — Trophées. — Statuettes. — Pipes turques — De tous côtés des gants paille et des bottes vernies.


LE VICOMTE, seul. — Qui de vingt-cinq ôte dix... reste quinze... Quinze louis pour tout potage!... et il n'y aura pas de course d'ici à deux mois... J'ai beaucoup travaillé cette année, quatre-vingt-onze paris... mais comme l'argent file!... Ah! la vie est dure... (Il allume un cigare.) Si je pouvais placer la malédiction de mon oncle à cinq pour cent... le

vieux cuistre me servirait encore à quelque chose!... Il n'y
a pas à dire, il faut se marier. Je trouverais bien quelque
fille de boutiquier... Vicomtesse! c'est assez tentant... surtout si cet imbécile de Friedrick, ce reitre, ce lansquenet, ce
mangeur de choucroute songe à m'envoyer un petit souvenir... l'ordre du *Pélican-Vert* seulement!... En voilà une
scie! m'a-t-il assez pesé sur le dos!... mais enfin, chevalier
du *Pélican-Vert*... cela vaut bien quelques égards...

— Ah! l'intrigant! dit le prince, c'était là le motif de ses
politesses... Eh bien, ta boutonnière restera à la diète, mon
bon ami.

— Prince, fit observer Athanase, Votre Altesse a fait un
calembour, ce qui est une atteinte à l'étiquette; et le calembour n'est pas neuf, ce qui vous rend inexcusable.

— Tu m'ennuies, répondit le prince, mais je te pardonne
à cause de ta fidélité. Fais-moi voir maintenant notre éminente cantatrice, la Fluttatolezzini. Tu as été témoin de mon
enthousiasme pour ce merveilleux talent; je serais bien aise
de connaître la femme que la nature a favorisée de tant d'a-
vantages.

## QUATRIÈME TABLEAU

### Le ménage de la Fluttatolezzini.

L'éminente cantatrice est vêtue d'un peignoir sale et fané.
Elle fait ses comptes avec sa cuisinière. Trois enfants mal
tenus se roulent sur le plancher, tandis que leur père peu

respecté, le marquis Pandolfo-Pandolfi, attend patiemment que les comptes soient terminés.

L'ÉMINENTE CANTATRICE. — Combien lé zigot?

LA CUISINIÈRE. — Six francs cinquante, madame.

LA CANTATRICE. — Qué la vie est cère dans cé diable dé pays!

LE MARQUIS PANDOLFO. — Mà cépendant, il faut y vénir per gagner beaucoup dé l'arzent.

LA CANTATRICE. — Et surtout dé la réputation... Fais donc taire les pétits... Mazetta! c'est oune ruine! Ils ont déciré le fauteuil...

(Le marquis rosse les enfants.)

LA CANTATRICE. — Si tou les fas plorer, faudra les moucer ça fera oun blanchissage dé plous... Ah! combien dé candelle?

LA CUISINIÈRE. — Vingt-deux sous.

LA CANTATRICE. — Prénez dé la plus zaune, c'est moins cer.

LE MARQUIS, avec humilité. — Ma cérie, qu'est cé qué tou mé donnes per la zournée?

LA CANTATRICE. — Ton arzent d'hier est donc fini... per Bacco!

LE MARQUIS, pleurant. — Zé perdou au domino.

LA CANTATRICE. — Vous étes touzours à zouer aussi... Prénez garde! voilà quatré francs, et tàcez dé régagner.

LE MARQUIS. — Oui, bonne amie, oui, loumière de ma vie...

— Se peut-il, s'écria Friedrick, que ce soit là cette femme

adorable, cette grande artiste pour qui le public n'a pas assez d'applaudissements!...

— Ce qui fait qu'on les double d'une *claque*, ajouta Athanase. Oui, prince, c'est elle-même. Cette femme gagne 60,000 francs par an. Son mari passe ses journées à courir les cafés, et quand le jeu l'a favorisé, sa femme partage son gain avec lui. Ils sont tous deux d'une avarice sordide. Leur intérieur est sale, ils n'ont pas le linge suffisant, ils amassent!

— Il me semble, murmura Friedrick, que j'aurais maintenant moins de plaisir à l'entendre.

— Voulez-vous voir, reprit Athanase, le cabinet d'un de nos célèbres romanciers? Vous pouvez assister à la fabrication de tous les feuilletons d'après-demain.


## CINQUIÈME TABLEAU.

### Un cabinet.


Soixante jeunes gens sont occupés à écrire.

— Mais lui, dit le prince, je ne l'aperçois pas.

— Ah! lui, il est sorti, fit Athanase; mais ses œuvres se font tout de même. Voulez-vous maintenant?...

— Je ne veux rien! s'écria Friedrick avec colère. Je vais boucler mes malles. Partons!

— Que de choses j'aurais cependant à vous montrer! Comment les femmes d'employés à dix-huit cents francs ont des toilettes et des bijoux; comment les...

— Tais-toi, Athanase, je ne veux rien savoir!

— Prince, quand vous entrez dans un salon somptueux, songez-vous à l'aspect étrange qu'on lui donnerait en y mettant toutes choses à l'envers? Le velours du divan serait remplacé par un crin rempli de poussière, la laine des tapis par une toile grossière, les glaces par des planches mal rabotées, les tableaux...

— Athanase, je veux partir!

— Demain matin au point du jour, prince.

— Mais comment dormir cette nuit?

— Rien de plus facile, dit Athanase.


### SIXIÈME TABLEAU.


M. Legouvé écrivant au coin de son feu.

On peut lire sur la première page de son manuscrit le titre affriolant de sa prochaine comédie : *le Baiser furtif.* — L'ange du sommeil est assis à côté de l'auteur de *Par droit de conquête* et le considère avec tendresse...

— Eh bien, prince? demanda Athanase.

Le prince ne répondit pas, un sommeil bienfaisant s'était emparé de son auguste personne.

# LES BUFFETS LITTÉRAIRES

# LES BUFFETS LITTÉRAIRES

### AVANT-PROPOS.

Quoi qu'on en ait dit et quoi qu'on en dise encore, les gens de lettres dînent à peu près tous les jours. Ils dînent tantôt bien, tantôt mal ; mais, le fait est certain, ils dînent.

C'est, pour la plupart d'entre eux, une habitude contractée en famille, et dont ils ne peuvent se débarrasser.

Toutefois, il n'est permis qu'à un petit nombre d'élus de s'assurer du fait. C'est à leur témoignage que doit s'en rapporter le commun des mortels.

Les gens de lettres ont leurs cafés à eux, leurs restaurants à eux. Il serait plus facile d'extirper le chiendent d'une jachère que les plumitifs de l'estaminet ou ils se sont acclimatés. La littérature est jalouse de ses tables et de ses banquettes. Elle s'y attache comme l'huître à son rocher. La peinture est tolérée, la sculpture est accueillie avec défiance, et, il faut bien l'avouer, ce n'est pas tout à fait sans raison...

6

On ne peut s'imaginer l'effet déplorable que produit fatalement une réunion de sculpteurs. Leurs voisins ont les pieds gelés. Le thermomètre baisse. Les toits blanchissent. C'est le mardi gras des engelures...

La sculpture est si froide!

De même que le café des Variétés est le domaine des vaudevillistes, plus connus sous le nom de *petites vieilles ;* ainsi le divan Lepeletier appartient sans conteste aux journalistes militants et à quelques romanciers plus ou moins en vogue.

C'est au sein de ces colonies artistiques, plus mystérieuses que le Japon, que je vais tenter d'introduire le lecteur.

Aujourd'hui, qu'une moitié de Paris passe ses journées à mettre l'autre sur le gril, il est convenu que chacun doit compte au public de ses observations et de ses sympathies. Bien sot celui que retiendraient des scrupules passés de mode. On croirait à sa timidité, jamais à sa bienveillance.

Poussé par une volonté plus forte que la mienne, et après avoir tourné sept fois ma plume dans l'encrier, je commence la série de mes révélations par le plus impénétrable des sanctuaires.

Entrez donc, — mais chapeau bas!

Car il est plus sacré que la Mecque.


## LE RESTAURANT DINOCHEAU.


C'est à l'angle de la rue de Navarin et de la rue Bréda, à

quelques centimètres au-dessous du sol. Le vulgaire n'aperçoit d'abord que la boutique d'un marchand de vins. Le
comptoir en étain, les bourriches, le tourniquet, — rien n'y
manque.

Au fond, une porte vitrée, puis une salle basse, garnie de
quelques tables.

Rien de bien extraordinaire jusque-là.

Mais ne voyez-vous pas, dans un coin mystérieux de ce
salon, l'entrée d'un escalier dérobé, qui ne saurait échapper
à l'œil de l'observateur?

Montez avec moi, mais prenez garde que votre chapeau
n'aille s'aplatir contre le plafond le plus étrange de tous
ceux qu'on a oublié de blanchir. Chez Dinocheau, les récifs
sont au-dessus de nos têtes.

A l'entre-sol, une cuisine et deux chambres à coucher. —
Passons. C'est l'asile immaculé des frères Dinocheau, l'un si
blond, l'autre si brun; mais, du reste, *Arcades ambo!*

Ces lumières, ces tables de marbre, cette boiserie d'un si
admirable travail, cette richesse dans la simplicité, tout nous
apprend que le premier étage est bien digne de ses nobles
hôtes.

Asseyez-vous, c'est ici.

### LES HABITUÉS.

Si l'on est curieux de savoir ce que sont devenus tous les
gens qui ont passé depuis trente ans par cette salle oblongue,

on trouvera les uns sous-préfets, les autres consuls à tous les points du globe; d'aucuns sont secrétaires d'ambassade, plusieurs ont obtenu de plus hautes positions, et un tout petit nombre fait la gloire du barreau français.

Que reste-t-il donc aujourd'hui?

Les meilleurs, les plus vaillants, les vrais des vrais!

Exemples :

### HENRY MURGER.

Le style, c'est l'homme, a dit Buffon.

Eh bien, on aura beau lire et relire cent fois les œuvres de Murger, je défie bien qu'on se fasse une idée de sa calvitie.

On devinera sa barbe, ses mains, son costume; mais ce dôme d'ivoire sur lequel Murger a l'habitude de mettre un chapeau, — on ne le devinera jamais.

Murger est l'homme le plus généralement bienveillant que je connaisse.

Il est impossible qu'il trouve à tout le monde autant de talent que cela.

La bienveillance est la ressource des faibles, et Murger n'en a pas besoin.

### CHARLES MONSELET, DIT L'ABBÉ.

C'est la conformation de Monselet qui a donné l'idée des petits ballons roses, avec cette différence que Monselet s'enlève dificilement. Il va sans dire que je ne parle pas de ses livres.

Calme, souriant, dodu, Monselet cache sous un masque impassible les regrets les plus amers.

Il a essayé de tout un peu et il cherche encore sa voie. Il voudrait bien faire croire à ceux qui l'entourent que *la Franc-Maçonnerie des femmes* est un chef-d'œuvre; mais Murger lui-même refuse de se prêter à cette manière de voir.

Et voici pourquoi.

Au beau milieu de la publication de son roman, Monselet part pour Venise et laisse ses lecteurs le bec dans l'eau.

On se fâche, on crie, les opinions se partagent, et l'abbé revient en se frottant les mains :

— Mon roman a fait du bruit; donc, c'est un succès.

— C'est l'interruption qui a fait du bruit, lui répond-on, ce n'est pas le roman. C'est un succès... d'interruption.

Monselet, qui a plus d'esprit que ses détracteurs, se console en relisant *M. de Cupidon* et en publiant *la Lorgnette littéraire*. Mais à peine a-t-il livré le manuscrit de ce succès de demain, qu'il est parti pour la Bretagne. Soyez convaincu qu'il nous ménage encore quelque surprise.

Il va nous dire, à son retour :

— J'étais parti, je suis revenu; donc, *je suis arrivé!*

### NADAR.

Une mandragore de six pieds de haut.

Tête flamboyante, avec une éruption de poils sur la joue, et des jambes à perte de vue.

Affable, bon enfant, travailleur infatigable, Nadar est à la
fois homme de lettres rue Vivienne, caricaturiste rue Bergère, photographe boulevard des Capucines, et enfant terrible chez Dinocheau.

### JULES DE PRÉMARAY.

Le plus consciencieux et le plus bienveillant des critiques
du lundi, Jules de Prémaray a une *toquade*. Il se voit constamment entouré d'ennemis imaginaires. Il passe sa vie au
milieu des piéges et des embûches. On a oublié ses succès au
théâtre. On le *débine*, on le nie, on veut le tuer! Si une main
s'approche de son potage, Prémaray ne se hasarde que diffi-
cilement à le goûter, il est convaincu qu'on y a jeté du vert
de gris.

Chaque nuit lui apporte un cauchemar nouveau.

Murger le tenant à bras-le-corps, pendant que Banville lui
enfonce des clous dans la tête et que Monselet lui tenaille les
pieds avec des pinces rouges comme celles d'un homard cuit;
ou bien encore, Montigny rayant du répertoire du Gymnase
toutes les pièces qui portent le nom de Prémaray, Delacour
lui crevant les yeux, et Siraudin répondant à ses plaintes
par un long ricanement!...

Jules de Prémaray ne croit pas à la fraternité littéraire.
Il ne fait plus chez Dinocheau que de rares apparitions. Et
encore n'y vient-il qu'avec une cotte de mailles et des contre-
poisons de tous genres.

Il a trop d'amis dans la maison pour y être tranquille.

### ALFRED BUSQUET.

Mal vu de Dinocheau parce qu'il ne donne pas assez dans le supplément.

Habitué fidèle et très-fort aux dominos, Busquet arrive à six heures et demie et part à neuf heures, après avoir gagné une demi-tasse à Barthet, un cigare à Murger et un grog à Fauchery.

### ANTOINE FAUCHERY.

Quand on a pris en dégoût la littérature à deux sous par ligne, quand on s'est aperçu qu'il faut quinze ans à un livre pour être apprécié à sa valeur, quand on est lassé du journal où se sont éparpillés, gâchés, tant d'idées, tant de drames avortés, tant de romans réduits à un chapitre unique pour fournir à la vie de chaque jour, on fait comme Fauchery — on part !

Il est allé en Australie, on ne sait où.

Il a travaillé de tous les métiers honnêtes, et, après cinq ans, il est revenu. Il est revenu plus jeune et ayant moins souffert que ceux qui sont restés. Et il a retrouvé ses amis d'autrefois avec les besoins d'autrefois, les ambitions humiliées, les ardeurs inassouvies... Il a retrouvé Sisyphe en face de son rocher !

Il est reparti.

### ALFRED VERNET.

Une miniature d'homme qui fait des portraits en miniature. Petit, gracieux et gambadant toujours, il chante comme un rossignol et mange de la salade comme un poisson.

Dinocheau l'appelle *la mort des chicorées.*

### ARMAND BARTHET.

Surnommé l'*époux imprudent, fils rebelle,* bien qu'il soi célibataire et qu'il adore ses parents. C'est le type parfait de l'homme *brusque et bon.* Il est dur pour les gens qui lui déplaisent, charmant et dévoué pour ses camarades.

Barthet est la plus auguste victime des intrigues théâtrales. *Le Chemin de Corinthe,* comédie en trois actes, n'a pas été joué pour cause de froideur auprès d'une actrice. Barthet a fait *le Veau d'or,* pièce en cinq actes et en fort beaux vers, je vous jure; mais *le Veau d'or* ne sera peut-être pas joué, parce que *le chemin de Corinthe* ne l'ayant pas été, il n'y a pas de raison pour humilier cette comédie par une préférence en faveur de sa cadette.

Le comité de lecture a si bon cœur!

### VOILLEMOT.

Peintre blond et doux, communément revêtu d'un costume espagnol. On croit que c'est un vœu de sa marraine, qui l'a voué, dès son bas âge, à saint Jacques de Compostelle.

### LES INTERMITTENTS.

Enfin Théodore de Banville, Victor Cochinat, Charles Emmanuel, et cent trente-deux autres que j'oublie volontai-

rement, viennent s'asseoir tour à tour à la table de Dinocheau (côté du mur).

Le côté des fenêtres appartient de temps immémorial à
une bande d'architectes qui se familiarisait chaque jour davantage avec la littérature, si bien qu'on a été obligé d'établir une ligne de démarcation.

C'est une allumette qui indique la frontière, et, grâce à
cette précaution, tout le monde vit en bonne intelligence.

## LES ENTR'ACTES.

Des gravelures, des hurlements, des citations, des érein-
tements, je ne sais quoi d'impossible, de bête, de sublime !
Et, à côté de cela, des discussions graves, sévères, — mais
de peu de durée.

Les jugements littéraires sont rendus en première instance
chez Dinocheau. La cour d'appel siége au divan Lepeletier.

Dans les entr'actes, Nadar fait des boulettes de pain et casse
de petits morceaux de bois pour les lancer ensuite dans
toutes les directions.

Quand les munitions lui manquent, il appelle Marie, une
vieille Allemande, brune comme la Guinée, édentée comme
un machicoulis.

— Marie, *collez-moi* des allumettes !

— Foilà, môssié Natar.

Et Nadar recommence.

Quand il ne vient pas, on dit *qu'il est allé jeter des allumettes en ville.*

## DINOCHEAU PEINT PAR LUI-MÊME.

Dinocheau aîné, surnommé GLOBE, ne se montre que rarement parmi nous. Il s'est réservé le département du rez-de-chaussée.

C'est Édouard Dinocheau, notre Édouard! qui fait les honneurs du premier étage.

Édouard a du génie; quand il s'agit de pousser à la consommation, il s'élève souvent à la hauteur de l'épopée.

Un soir de ces jours derniers, un client apporte la biographie et la charge de Monselet.

Édouard pousse des cris de joie, il trépigne, il gambade. Tout à coup, il saute sur une chaise.

Que va-t-il faire?

On se regarde, on s'interroge de l'œil.

Édouard plaque Monselet contre la glace, au moyen de quatre pains à cacheter, puis, se tournant vers le public et avec un geste inspiré :

— Faut l'arroser, messieurs !

Hier, le nom diabolique d'*eau de Seltz* ne me revenant à l'esprit, je fus obligé de recourir à une périphrase :

— Édouard, donnez-moi de votre drogue à l'*acide sulfurique.*

Dinocheau sans sourciller :

— Une bouteille de Fleury ?

— Malheureux! s'écria Nadar, avec quoi peux-tu faire le
volnay, alors..

### NOTE CONTRE NOTE.

La musique est, on le sait, le délassement des natures
sensibles.

Édouard serait un être incomplet s'il ne jouait pas du
violon. Le violon explique Édouard, comme Édouard impli-
que le violon. Il l'a compris, du reste, et voici l'usage qu'il
fait de son petit talent. Je ne vous dirai pas qu'il est de la
force de Paganini, au contraire! mais enfin il fait ce qu'il
peut.

Or, quand un client laisse traîner son compte en lon-
gueur, Édouard, trop homme du monde pour demander
grossièrement l'argent qui lui est dû, prend son violon et
joue une petite contredanse à son débiteur.

Puis il attend. Un bon averti en vaut deux.

Le lendemain, si rien de nouveau n'est survenu, Dinocheau passe à l'air du *Brindisi*, et jamais, JAMAIS, le client
le plus intrépide n'a osé affronter le grand air de *Lucie*,
qui lui est promis pour le troisième jour.

Il paie, — afin d'avoir le droit de dire à Dinochau :

— Tu joues comme un scélérat, tu m'écorches les oreilles,
flanque-moi la paix !

Le frère aîné, GLOBE, emploie un moyen du même
genre.

Quand la dette d'un client atteint le chiffre de vingt-cinq francs, il lui supprime *monsieur*. A cinquante francs, il l'appelle par son prénom. A cent francs, il le tutoie et lui tape sur le ventre.

Il y en a qui préfèrent le violon !

# LE DIVAN LEPELETIER

# LE DIVAN LEPELETIER

Le public serait bien étonné si on lui communiquait la liste des membres de la Société des gens de lettres.

Et il le serait bien davantage encore si on lui disait qu'il existe, dans Paris, en dehors de cette liste déjà si longue, plusieurs centaines d'individus qui s'intitulent journalistes, romanciers, poëtes, et qui ont tous la prétention de devenir célèbres.

On sait que, du temps de Piron, les quarante académiciens avaient *de l'esprit comme quatre*. Les choses n'ont guère changé, sans doute, car la plupart des immortels empruntent encore tout leur éclat au fauteuil dont ils ne sont que la housse.

Mais, hélas! la housse tombe, le fauteuil reste, et l'immortel s'évanouit!

Parmi tous les sinécuristes de la littérature, poëtes de

mirliton, donneurs d'eau bénite, diplomates de carton, palettes à décorations étrangères, combien en compterait-on de véritablement connus?

La gloire est un vain mot.

Il n'y a de célèbre que Dieu et Napoléon.

## ET POUR PREUVE

J'assistai dernièrement à une soirée de province.

— Qui est-ce donc qui a *inventé* la vapeur? demandait un avocat, en ayant l'air de chercher dans sa mémoire.

— Christophe Colomb, je crois, répondit timidement un adjoint au maire.

— Non, Christophe Colomb, c'est celui qui a inventé la poudre.

Il y avait là cinquante personnes, la meilleure société de l'endroit : pas une ne connaissait Salomon de Caus!

Ceci posé, le droit m'est acquis de présenter Troussemi-nard comme le rival de Méry, et Mouillefarine comme le successeur de Balzac.

Si les lecteurs se révoltent, je répondrai à l'instar du prophète :

— Que celui qui connaît par leur nom les quarante académiciens me jette la première pierre !

## COUP D'OEIL RÉTROSPECTIF

La renommée du Divan Lepeletier, comme cercle littéraire (literay-club), remonte à quinze ou seize ans. MM. Edmond Texier, Laurent Jan et Chenavard en furent les fondateurs.

« A cette époque, disait la Silhouette en 1847, ce n'était chaque soir que théories transcendantes sur l'art et discussions politiques de très-haute portée. M. Chenavard exposait son éternelle idée de l'inutilité des arts et du travail, idée fixe qui lui a valu le surnom de Décourageateur Ier ; et le bourgeois sans malice (pourquoi sans malice, ô Silhouette?) qui fût entré par hasard au Divan se fût trouvé pris entre la double machine à paradoxes de M. Texier et de M. Laurent Jan, comme dans les engrenages d'une machine à vapeur.

Hélas! le Divan a bien perdu de son ancien éclat. Chaque jour laisse des vides que le lendemain ne parvient pas à remplir.

Alfred de Musset avait déserté depuis plusieurs années.

Hetzel a transporté sa cravate blanche à Bruxelles et n'en est pas plus faraud pour cela.

Le domino d'abord, puis les cartes, et enfin — le billard, ont tué la discussion. Le double-six a étouffé la poésie.

Ceci a tué cela!

Théophile Gautier, Léon Gozlan, Méry, Francis Wey, Adolphe Dumas, Louis Lurine, Auguste Vitu, F. Solar, Ferdinand Dugué, Henri Nicolle ont abandonné un à un la rue Lepeletier.

Et le triste Ponsard, qui voyait autrefois MM. Francis Du-

cuing, Julvécourt et d'Artigues, pleins d'une noble ardeur
obéir à sa voix, l'œil morne maintenant et la tête baissée,
non loin de l'Odéon va prendre son café!

## REGAINS

Tel qu'on nous l'a laissé, le Divan est encore l'un des en-
droits les plus singuliers de Paris. La tradition semble devoir s'y conserver quelque temps. Il vit beaucoup de ses
souvenirs, mais enfin il vit. C'est un vieux soldat qui raconte ses campagnes.

Un soir d'émeute, Gérard de Nerval tournait l'angle de la
rue Rossini et se dirigeait vers la demi-tasse accoutumée.

Une sentinelle avait été placée aux environs des bureaux
du *National*.

Gérard cheminait, rêveur et mélancolique. Il fut brusquement réveillé par le cri du fantassin :

-- Qui vive?

— Ami.

— Passez au large!

— Comme cet animal-là comprend l'amitié! murmura
Gérard.

\* \*
\*

Un autre jour on causait musique.

Il s'agissait de M. X..., chef d'orchestre d'un théâtre du
boulevard dont on débinait les compositions.

— Il a au moins un grand talent d'accompagnateur, insi-
nue un homme bienveillant.

— Accompagner! la belle affaire! s'écrie Beauvoir, les
gendarmes aussi accompagnent!

*
* *

Le baron de Gyvès essaye les lunettes de Busquet.

— Tiens! je vois trouble ce soir avec tes lunettes...

— Parbleu! je suis gris.

*
* *

Z..., membre de plusieurs tragédies savantes et animé de
ce courage qui va frapper chez les commissaires de police,
avait reçu un soufflet dans la chaleur d'une discussion.

— Eh bien, s'est-on battu? demanda Banville le lendemain.

— Non. L'affaire est arrangée.

— Et le soufflet?

— Z... le garde pour le mettre à sa boutonnière!

*
* *

C'est encore un habitué du Divan et l'un de ses plus aimables causeurs, M. Lerminier, qui, à l'époque des inonda-
tions, demanda si l'on n'ouvrirait pas bientôt des souscrip-
tions pour les gens à sec...

## IL EST HUIT HEURES

Les dominos sont rangés en ordre de bataille.

Le baron de Gyvès a défié Busquet. Fages, l'ancien gérant de l'ancien *Mousquetaire,* considère les combattants avec un œil d'envie. Il brûle d'entrer à son tour dans la lice et de se mesurer avec un adversaire digne de lui.

On reçoit une dépêche de M. Félix Mornand. M. Félix Mornand appelé à d'autres fonctions, donne sa démission de dominotier.

Encore une perte pour le Divan!

Arnould Frémy, le Labourdonnais du double blanc, prononce quelques paroles bien senties sur la déplorable tendance qui restreint chaque jour davantage le nombre des dominotiers.

Busquet se jette dans les bras de Fages et verse un pleur d'attendrissement.

Fages essuie son gilet et demande *si ça tache.*

Le billard est tenu par le marquis de Belloy et le vidame André de Goy.

L'auteur du *Tasse à Sorrente* affectionne le traducteur de Dickens, à cause de la rime.

Bruit dans la coulisse. — Chaises renversées. — Blasphèmes des garçons. — Entrée d'Armand Barthet.

## LE MISTRON, MESSIEURS!

A ce cri magique, vingt personnes se lèvent. Vernet franchit d'un bond M. Eugène Forcade. La foule se précipite vers le petit salon de gauche.

On prend place. Les cartes se distribuent.

> Les mistroneurs, les mistroneurs,
> Les mistroneurs sont réunis!

L'origine du mistron se perd dans la nuit des temps.

Le mistron est une variété du trente-et-un qui contribue beaucoup à conduire les poëtes à l'hôpital.

Les mistroneurs, placés sous la domination d'Armand Barthet Ier, ont pris possession de l'aile gauche du Divan.

C'est en vain qu'Edmond Texier a tenté de remplacer le mistron constitutionnel par le whist absolu. Julien Lemer a seul répondu à son appel, et les mistroneurs sont restés.

L'aile gauche du Divan se distinguait, il y a quelques jours encore, par la variété des inscriptions dont les murailles étaient couvertes.

Dans un coin, ce sixain énigmatique :

> Quand Paul Féval
> Est à cheval,
> On voit Banville
> Courir la ville,
> Et Paul Foucher
> Va se coucher.

Plus loin, ce fameux distique :

> L'encrier, la plume et l'épée
> Étaient les armes de Pompée.

7.

Puis l'épitaphe des frères Goncourt :

> Edmond et Jules dort ici,
> Le caveau froid est sa demeure;
> Tous deux est mort à la même heure,
> Sa plume est enterrée aussi.
> Le trépas est comme une trappe
> Qui s'ouvre et ferme tour à tour,
> Bien vite, hélas! il nous attrape,
> Quand le cruel sur ses gonds court!

Des couplets, des maximes, des triolets et enfin un couplet de Guichardet qui a fait pousser des cheveux blancs sur le crâne d'Expilly :

AIR du *Menuet d'Exaudet.*

> Expilly
> A failli
> Vendre un livre.
> Il n'a tenu qu'à Lévy,
> Que cet auteur inouï
> Ait gagné de quoi vivre!

Expilly est un homme très-droit au moral comme au physique. Il est Marseillais comme la Canebière et il a conservé de l'accent du pays tout juste ce qu'il en faut pour lui tenir lieu d'extrait de naissance. Avant de s'enrôler dans le grand bataillon littéraire, Expilly a servi dans les lanciers. Quelquefois encore on le surprend à faire l'exercice devant une glace. Dégoûté de la vie parisienne, il est allé tenter la fortune au Brésil, mais la fortune a résisté à la tentation. Expilly publie aujourd'hui des romans brésiliens qui sont fort curieux et très-goûtés.

On l'accuse d'avoir fait renouveler à ses frais la tapisserie du salon de gauche.

Le mistron compte encore parmi ses grands vassaux :

### CHARLES EMMANUEL

L'homme qui a révolutionné l'astronomie et éclairé les planètes d'un jour tout nouveau. Le stature d'Emmanuel est à peu près celle d'une longue vue ordinaire. Il a fait mettre une pomme d'ivoire à un crayon, c'est sa canne. Quand Emmanuel se met en voyage, il se déguise en enfant de sept ans et ne paye que demi-place.

### AIMÉ MILLET

Sculpteur enrhumé mais brun.

— Mon vieux, passe donc rue de la Rochefoucauld, tu verras mon exposition, deux bustes et une *Ariane.*

— Es-tu content?

— Enthousiasmé. J'ai mon coquin de bonhomme qui est vivant. Il vous regarde. L'oreille écoute. Il me fait peur. On lui offrirait un cigare.

— Et l'*Ariane!*

— Tu voudrais l'épouser. Tu verras!

Je suis allé le lendemain rue de Larochefoucauld, ô bien-aimé Millet, et je t'ai trouvé modeste.

Je te demande ton Ariane.

Je lui offre ma fortune et ma main — et je sens que je la rendrai heureuse !

### GUICHARDET

Quand vous apercevez, le soir, une lueur rouge qui s'avance, vous pressentez un omnibus et vous faites place. Mais prenez garde que, si la lueur est oblongue et violacée, vous devez, au contraire, aller à sa rencontre. Ce que vous preniez pour une lanterne d'omnibus, c'est le nez de Guichardet, le nez du dernier gentilhomme !

Qu'est-ce que Guichardet?

Un être infini qui ne peut être perçu par nos sens, qui ne peut être décrit par notre plume.

C'était l'ami d'Alfred de Musset, l'ami de Gérard de Nerval. Les gens de lettres l'appellent *mon oncle,* les femmes l'appellent *Oscar!*

Où est Guichardet?

Guichardet est partout, au ciel, aux enfers, au Divan, à la Brasserie, aux Halles et dans tous les lieux du monde. Guichardet n'écrit pas, mais il raconte, et on écrit pour lui.

Guichardet aurait cent ans qu'il ne serait pas un vieillard.

### LE DOCTEUR CASIMIR DAUMAS

N'a pas guéri Philibert Audebrand d'une grave affection...

pour George Bell. Souvent la nature réussit où l'art a été impuissant !

### ADOLPHE GAÏFFE

La bonne humeur, le nonchaloir, l'insouciance, l'insolence de haut goût — faits homme. Il manie l'épée comme Saint-Georges et dédaigne de tuer les manants, gardant ses colères pour ses ennemis politiques.

— Par le Cid ! les plumitifs sont une infecte engeance. Que me veulent ces Philistins, et qu'y a-t-il de commun entre ce bétail et moi? Ces habitués de gargotes jalousent mon savoir-vivre. Ils m'accusent d'être beau, est-ce ma faute s'ils sont laids ! Ils disent que je n'ai rien dans le ventre. Qu'est-ce que ça leur fait? Ils devraient s'en applaudir, puisque c'est avec ce qu'on a dans le ventre qu'on leur fait concurrence. Ils aiment l'eau-de-vie, l'absinthe et la pipe. Ils adorent la femme du coin avec ses bas de laine. Moi, j'aime les lumières, les parfums, les épaules blanches, la soie rose, les souliers bleus. Ce sont des menuisiers, je suis un rêveur. Ils alignent les phrases qu'ils appellent nouvelle ou roman. Je préfère la contemplation des chastes étoiles en une suave mélancolie. C'est là que vaguent dans les flots lumineusement harmonieux les graves âmes de mes aïeux !

### CHRISTOPHE

Le statuaire du rêve, le philosophe du marbre, auteur d'une *Mélancolie* qui aurait étonné Byron.

## ALFED VERNET

Qui vient d'ajouter à ses lauriers par la composition d'une *Nouvelle Phèdre,* dédiée à Delaunay, de la Librairie Nouvelle. Elle se déclame sur l'air : *Un jour, maître Corbeau...* J'extrais au hasard les passages suivants :

### PHÈDRE

Ton discours me paraît bien assis, mais vraiment
Je crains bien qu'il ne manque un peu de fondement.
Ma famille a tiré de mauvais numérosses (1)
Mes sœurs, ma mère et moi nous aimons des z'hérosses.
Hippolyte est rageur ; comment se pourrait-il
Qu'un militaire pût redevenir civil ?

(Scène I<sup>re</sup>).

### PHÈDRE

Du labyrinthe, hélas ! mon utile secours,
Si je t'avais trouvé, t'aurait dit les détours.
Il faudrait, vois-tu bien, déshonorer la couche
Du héros dont la mort vient de fermer la bouche.
O dieux ! que n'ai-je pu, dans mon amour subtil,
Te prêter autrefois un peloton de fil ?

### HIPPOLYTE

Madame, finissez, vous perdez la mémoire,
Et je n'ai pas le temps d'écouter votre histoire.

(1) Licence poétique motivée par les exigences de la rime féminime.

Pourquoi venir ici me parler de coton ?
Ah ! vos feux seraient-ils des feux de peloton ?

(Scène VII.)

### PHÈDRE

Mon époux est vivant, on l'a vu sur le Pont.

(Acte II. — Scène IV.)

### THÉSÉE

Sors, tu n'as, en ces lieux, que par trop outragé
Un père juste et bon, vaillant, — en outre âgé.

### PHÈDRE

Je respire à la fois l'inceste et l'imposture.

### ŒNONE

Il fait bon respirer l'air pur de la nature.

### PHÈDRE

Ah ! croyez-moi, filons tous les deux vers Argo.
Nous y vivrons heureux en y parlant l'argo.

(Acte IV.)

### THÉSÉE

Que faire ? que penser ? Mais voici Théramène
Qu'en ces lieux Jupiter en sa bonté ramène.

### THÉRAMÈNE

De votre fils, seigneur, voici la triste fin.
Il est mort, dévoré par un monstre marin.

### THÉSÉE

Le poisson de mes yeux fait tomber les écailles
Et mon épouse, hélas ! était une canaille !

. . . . . . . . . . . . . . . .

PHÈDRE

Seigneur, j'ai fait couler dans mes brûlantes veines
Un poison que Médée a porté dans Athènes.
Mon sein est devenu, depuis que je l'ai pris,
Tantôt rouge de blanc, et tantôt vert — de gris!

*(Acte V.)*

Je m'arrête dans la crainte de déflorer cette œuvre remarquable. Ah! si Vernet ne jouait pas au mistron, nous en verrions bien d'autres!

EUGÈNE PIOT

A qui est dédié le *Voyage en Espagne* de Th. Gautier, absolument comme *le Roman de la Momie* est dédié à Ernest Feydeau. Eugène Piot possède, dit-on, plus de tableaux de maîtres que les maîtres n'en ont fait. Quand on lui demande l'explication de cette anomalie, il répond qu'il y a des lacunes dans l'histoire.

Le grand Paulet, le séduisant Dondey-Dupré, ex-officier de marine (à Saint-Ouen); Charles Asselineau, un fouilleur de bibliothèques; Edmond Bourgogne, secrétaire du général Daumas, Alexandre Weill, Charles Baudelaire, Clément Caraguel et un grand nombre de *gens d'esprit et de cœur* complètent le panaroma du Divan.

Un seul être y reste anonyme et incompréhensible. Il dé-

clame chaque soir quelques passages d'une drame inédit
dont il est l'auteur :


## UN INCESTE A CHANDERNAGOR


pièce morale et dramatique.

. Cet étranger, qui est quelquefois pochard, fait le bonheur
du garçon.

Guichardet l'accuse de chercher *l'oubli* dans les alcools.

. . . . . . . . . . . . . . . . . . . . .

. . . . . . . . . . . . . . . . . . . .

A minuit et demi, chacun se retire et va rêver brelan d'as
et double six.

C'est ainsi que s'écoulent les soirées de la plupart des gens
de lettres. A peine une solennité théâtrale parvient-elle à
faire sortir quelqu'un d'entre eux de sa coquille.

Il y a loin de cette vie à celle que l'on rêvait au sortir du
collége.

Lucien de Rubempré ne passe plus ses soirées chez Cora-
lie, et on a perdu le souvenir des petits soupers de Camu-
sot.

LE JOURNAL PARIS

# LE JOURNAL PARIS

Les fruits secs de la littérature qui, s'adonnant à la compilation, chercheront un jour, dans les collections de journaux, l'histoire intime du XIXe siècle, se trouveront singulièrement hébétés en face de cette multitude de gazettes que nous envoyons chaque jour à la postérité — ou ailleurs.

Quand on a gâché sa jeunesse et qu'on n'est propre à aucune profession;

Quand on n'est ni notaire, ni pharmacien, ni libraire, ni marchand d'allumettes;

Quand on n'a pas les grâces qu'il faut pour devenir mari d'une corsetière ou gendre d'une débitante de tabac;

On fonde un journal.

Parmi les naufragés de la vie parisienne, quel est celui qui n'a pas eu l'idée d'un carnard littéraire ou industriel? Une idée étrange, mystérieuse, une idée à millions!

Cet individu qui promène au boulevard un chapeau feuille-morte et un pantalon frangé par le bas, soyez sûr qu'il a l'idée d'un journal.

Il prend place sur le seuil d'un café, et quand le garçon s'approche et lui demande :

— Que faut-il servir à monsieur ?

Il repond :

— Tout à l'heure.

Ce *tout à l'heure* signifie algébriquement : $= - 50$ centimes !

Il médite.

Son journal sera-t-il orgueilleusement quotidien ou modestement hebdomadaire ?

S'appellera-t-il *la Cloche* ou *le Silence ?*

Aura-t-il autant de rédacteurs qu'Alex. Dumas seul ? En aura-t-il plus ? En aura-t-il moins ?

Il achète par la pensée l'hôtel Millaud et le château de la Folie-Dollingen...

Puis il se lève pour continuer sa course aux capitalistes.

Un journal littéraire est rarement une bonne affaire. Mais on peut appliquer au journalisme le refrain de M. Vautour :

> Quand on n'a pas de quoi payer son terme,
> Il faut avoir une maison à soi.

Quand on n'a pas assez de talent pour écrire dans les journaux des autres, on est bien obligé de se faire directeur de

On s'improvise rédacteur en chef, on se donne des

airs de ministre, et on foudroie du haut de son premier-Paris le *bourgeois stupide*, qui a cependant le bon esprit de ne pas s'abonner.

## ENTRE PARENTHÈSES

C'est vraiment une chose singulière que cet instinct ou ce bon sens du public qui met autant d'acharnement à repousser toute publication dont le but est de servir une vanité particulière, qu'il met de bienveillance à accueillir et à faire vivre le journal fait à son point de vue et par des gens qui prennent leur tâche au sérieux.

Le journal *Paris* (*lundi, mardi, mercredi,* etc.), curieux à plus d'un titre, comme on le verra tout à l'heure, est la première feuille purement littéraire qui ait paru quotidiennement en France. *Le Mousquetaire* a été la seconde.

On se rappelle peut-être, pour les avoir vues sur une table de café, ces quatre pages, dont la troisième était aux trois quarts envahie par une vignette qui changeait chaque jour ; la seconde occupée par une lithographie de Gavarni, et la quatrième par des annonces de tout genre. Cette quatrième page était d'une effronterie sans égale. Jamais les pharmaciens et les bandagistes n'avaient poussé l'impudeur aussi loin. Il est vrai que leurs annonces commençaient presque invariablement par ces mots :

AVIS AUX GENS DU MONDE.

L'histoire de la fondation du *Paris*, de sa vie (s'il a vécu), et enfin de son décès, est un tissu de splendeurs et de misères, de rires et de tristesses.

Il ne m'est permis aujourd'hui que d'effleurer toutes ces choses si récentes qu'elles sont tièdes encore. Ces blessures d'hier ne sont pas cicatrisées et les amours propres demandent grâce.

## L'ÉCLAIR

Revue hebdomadaire de la littérature, des théâtres et des arts, a été le coup d'essai de M. le comte de Villedeuil. Ce coup d'essai, il faut bien l'avouer, ne fut pas un coup de maitre. C'est en vain que les murailles de Paris furent couvertes de grandes affiches jaunes qui promettaient monts et merveilles, c'est en vain que les omnibus promenèrent de droite et de gauche une annonce des plus affriolantes, nul ne mordit à l'hameçon.

Tout le monde a traversé de ces journées de deveine où rien ne réussit. On a mal dormi. On est réveillé par un créancier. On s'accroche à toutes les portes. On se heurte contre les angles de la cheminée; et, si l'on parvient enfin à sortir (après être tombé dans l'escalier), on est abordé, au premier coin de rue, par un ami de collège.

Cette mauvaise chance fut portée, par extraordinaire et en faveur du comte de Villedeuil seulement, jusqu'à des proportions homériques.

Son journal n'avait pas d'abonnés. Peu lui importait, après

tout. Il était riche. — Mais il ne trouva même pas de rédacteurs !

Les bureaux du journal étaient situés rue d'Aumale, et
chaque jour, le directeur, fidèle à son programme, arpentait
mélancoliquement, de dix à quatre heures de l'après-midi,
ses appartements déserts.

Il avait fait un appel aux *jeunes*, et il les attendait ! assisté
seulement d'Edmond et Jules de Goncourt, qui écrivaient
alors leurs premières lignes.

Tous trois allaient tristement de leur fauteuil à la fenêtre
et de la fenêtre à leur fauteuil.

Le soleil flamboyait, la rue d'Aumale verdoyait, — mais
sœur Anne ne voyait rien venir.

Pas de copie !

Quoi ! cent mille poëtes restaient inédits, obligés de dire
leurs vers à leur portier, et rien ne venait les avertir qu'on
les attendait là-bas !

Où étiez-vous, Reiffemberg ? et que faisait-on à la Brasserie ?

Ah ! si quelqu'un d'entre les buveurs de chopes fût entré
dans cette nécropole littéraire, on l'aurait couvert de baisers, d'or et de cigares !...

Brocard seul, Emmanuel Brocard, qui commande une fré-
gate du roi maure Aliatar, Brocard de Meuvy fils, — pour
tout dire en plusieurs mots, a su flairer une insertion. Il
arrive, lui, le brave ! Il sut plaire et ses vers parurent. J'i-
gnore s'ils parurent bons, — mais ils parurent.

8

## LE COMTE DE VILLEDEUIL

avait vingt-deux ans à peine quand il se décerna à lui-même le titre de rédacteur en chef. On le disait à la tête de cinquante à quatre-vingt mille livres de rentes, — et avec un oncle sur la planche.

On est vraiment pris de compassion en songeant à cette existence dévoyée, à cette ambition si brutalement refoulée ! Singulière nature, assez vaste pour tout entrevoir et trop faible pour rien conquérir ! — Il était né gentilhomme, petit-fils d'un ministre de quelques heures ; la fortune avait été prodigue envers lui, et après quelques folies de mauvais goût, après des spéculations malheureuses et des procès scandaleux, il ne lui reste plus, dit-on, de sa splendeur passée, qu'un tombeau de famille au Père-Lachaise, un superbe tombeau, propriété inaliénable, hélas !

C'est presque le supplice de Tantale. L'homme est allé d'usurier en usurier, il a vendu un à un ses bois et ses châteaux, il ne lui reste plus rien, et on conserve encore un palais pour son cadavre.

Bien que Villedeuil n'eût que vingt-deux ans quand je le vis pour la première fois, il en paraissait au moins trente. Sa longue barbe noire, son regard lent et dédaigneux, ses allures nonchalamment aristocratiques en faisaient un personnage presque imposant au premier abord. Mais on s'apercevait bien vite qu'il était moins à son aise que ses visiteurs, et, quand il avait dit quelques mots, on ne voyait plus en lui qu'un enfant.

Villedeuil avait rêvé de dominer Paris. Il voulait toucher à tout. Actionnaire du Théâtre-Lyrique pour une somme assez forte, il ambitionnait la direction de l'Opéra. Il voulait acheter *le Journal des Débats*. Il fallait qu'on s'occupât de lui. A tout prix, du bruit, du bruit !

Enfant corrompu de ce siècle malsain, Villedeuil n'était dénué ni d'intelligence ni de talent; la vanité aveugle tua l'un et l'autre. Le besoin de produire son nom, de le mettre en avant, lui faisait signer tout ce qui lui passait par la tête, et même ce qui passait par la tête d'autrui, puisqu'un professeur du collége de Nantes, M. Talbot, le faisait condamner comme plagiaire.

Or, lisez la couverture de ce livre copié, vous y trouverez ces lignes si naïvement orgueilleuses :

« ........... nouvel ouvrage de M. le comte de Villedeuil, cet homme du monde que l'on prendrait pour un bénédictin. »

Ce prodige, ce puits de science, et, en même temps, cet homme à la mode, ce nabab, ce Louis XIV !

Il avait un cabinet tendu de noir avec des lames argentées, une calèche orange, un équipage bizarre; partout et toujours un luxe criard et d'un goût détestable.

Son but a toujours été d'*étonner*. Il n'a guère réussi qu'à faire hausser les épaules.

MM. Alphonse Karr et de Goncourt ayant été poursuivis

pour je ne sais quel délit de presse, Villedeuil les accompagna au palais de Justice. Comme l'huissier de service réclamait son assignation pour le laisser pénétrer dans l'enceinte réservée de la salle, Villedeuil répondit avec dépit :

— Je ne suis pas assigné, mais je suis bien plus coupable que ces messieurs : je suis le directeur du journal.

Il n'était pas assigné, quelle injustice! Jamais on ne vit un homme si désolé de n'être pas poursuivi...

Les bureaux du *Paris* étaient situés à la Maison-Dorée. Où peut-on être mieux qu'au sein de sa famille?

Les rédacteurs du journal allaient de la Maison-Dorée à Auteuil, où le directeur avait loué une maison de campagne. C'est là que se donnaient les dîners d'amis pendant la belle saison.

Le dessert trouvait presque toujours les convives très-émus. On se faisait de grandes protestations, de grandes politesses, et Roger de Beauvoir, toujours charmant et ne voulant pas rester en arrière, invitait à dîner pour des mercredis fantastiques.

Après quoi, les invités vaguaient dans un jardin naissant où se trouvait, en fait d'arbres, une table de marbre.

Le principal rédacteur du *Paris*, le seul qui ait appelé l'attention sur cette gazette, c'est, sans contredit.

### GAVARNI

La lithographie de Gavarni seule grevait de cent francs

par jour la caisse du journal. C'était, du reste, la seule chose qui ne fût pas payée trop cher.

## ISIDORE VENET

actuellement feuilletoniste vertueux à *l'Univers*, portait au *Paris* le titre pompeux de SECRÉTAIRE DE LA RÉDACTION. C'est à M. Venet que la postérité sera redevable des *Mémoires de madame Saqui* publiés par *l'Éclair*. M. Venet possédait, d'autre part, un petit répertoire d'anecdotes de haut goût qui ont peut être été pour lui un *moyen de parvenir*.

## ALPHONSE KARR

a repris pendant un an au journal *Paris* la publication des *Guêpes,* mais de bonnes petites guêpes, pas méchantes du tout et qui n'ont fait de mal à personne.

## EDMOND ET JULES DE GONGOURT

Le talent singulier de ces deux frères, aussi inséparables que les Siamois, est apprécié de façons si diverses par nos critiques intègres, que le public doit se trouver bien empêché de se former une opinion sur leur compte. Heusement que leurs livres sont là. La manière contournée, le style surchargé de ces écrivains arrive quelquefois à des effets surprenants. C'est un mélange d'élégance et d'afféterie, de simplicité et de déclamation. Chose étrange du reste, que cette fusion complète de deux êtres

8.

qui ne forment qu'une individualité. La discrétion de l'amitié m'a toujours empêché de leur demander le secret de cette collaboration. Ils sont deux qui travaillent également, et il est impossible de savoir où l'un finit, où l'autre commence.

HENRI MURGER

A cette époque, Murger, fatigué depuis longtemps d'une existence calme et sans secousses, résolut de rompre cette monotonie et de faire un éclat.

— Ah! on veut du scandale, s'écria-t-il, eh bien, on aura du scandale, et, puisqu'il faut éreinter les gens pour faire parler de soi, je les éreinterai.

Murger choisit pour première victime une comédienne sur le retour qui jouit encore d'une certaine vogue. Il la désigna aussi clairement que possible. Il risqua même l'initiale, et, faisant une allusion folâtre au parfum qu'exhalaient (et qu'exhalent encore) les lèvres de la dame, il la surnomma le *Choléra des mouches*.

Le bruit s'étant répandu un soir que mademoiselle Louise X... était partie pour l'étranger dans la chaise de poste d'un noble insulaire, Murger demanda quel pouvait être le Pâris de cette *Haleine*.

Tout ce qu'on peut inventer d'incisif, de blessant, de cruel, Murger eut l'audace de l'imprimer sur le compte de Louise X...

Chaque matin, il s'étonnait de se retrouver avec ses deux yeux.

Un jour, enfin, il se trouva face à face avec sa victime. C'était au coin de la rue Laffitte.

Il détournait la tête et s'empressait de faire volte-face, quand la dame, lui tendant une main amie, lui dit avec son plus gracieux sourire :

— Eh ! que devenez-vous donc? On ne vous voit plus.

— Décidément, pensa Murger, le journal n'est pas lu !

## THÉODORE DE BANVILLE

Les *Odelettes* ont paru pour la première fois dans le journal *Paris*. En publiant le volume, le poëte a supprimé ses dédicaces à M. le comte de Villedeuil, à Eugène Woestyn, à Isidore Venet, à Raoul Le Barbier et à Étienne Eggis.

## ANDRÉ DE GOY

Chargé du *Courrier de Londres* qu'il savait rendre attrayant à force d'anecdotes, André de Goy, surnommé l'abbé Faria, est en proie à une folie douce qui rendrait des points à l'ecclésiastique du château d'If. De Goy ne parle que par millions. Il n'oserait jamais s'aventurer dans un omnibus avec deux cents francs seulement dans sa poche, — de peur que le prix des places n'ait été augmenté.

Je l'ai rencontré hier au soir devant Tortoni, et voici, mot pour mot, notre conversation :

— Tu as l'air mélaneolique, ce soir, chevalier ?

— Pas de chance ! Siraudin vient de me gagner soixante mille francs à l'écarté.

— Tiens ! je l'ai vu tout à l'heure, il m'a dit *quarante sous*.

— Il est si blagueur !

## RAOUL LE BARBIER

Se disant propriétaire-gérant du journal. Cheville ouvrière de l'établissement. Fort honnête homme, responsable des fredaines de toute la troupe. Fichu métier !

Roger de Beauvoir, Henry de La Madelène, Adolphe Gaïffe, et plus tard Charles Monselet, Angelo de Sorr et Edouard Martin composèrent la rédaction du *Paris*.

Monselet a caché là quelques-uns de ses plus charmants articles.

Le journal *Paris* n'a jamais eu qu'une *affaire*, et encore les rédacteurs, endormis dans les délices de Capoue, ne se sont pas précisément montrés batailleurs.

Il avait été publié un article à propos de mademoiselle

## BÉNITA ANGUINET

la prestidigitatrice, — article qui contenait sans doute une phrase un peu vive.

Le jour même, un monsieur se présente dans les bureaux.

— M. le directeur du journal?

Arrive Le Barbier, gérant *responsable*.

— Monsieur, je suis le frère de mademoiselle Bénita Anguinet.

— Fort bien, monsieur.

— Je viens demander raison d'un article...

— Permettez, monsieur, cela ne me regarde nullement. Veuillez entrer dans le cabinet du secrétaire de la rédaction...

Le Barbier pousse le monsieur dans le cabinet d'Isidore Venet.

— Monsieur, je suis le frère de mademoiselle Bénita Anguinet.

— Belle personne! monsieur, beaucoup de talent.

— Mais, monsieur, je viens chercher une réparation...

— Une réparation! adressez-vous au rédacteur en chef, s'il vous plaît. Donnez-vous la peine de passer chez M. le comte...

Isidore Venet introduit le monsieur dans le cabinet de Villedeuil et referme la porte derrière lui.

— Monsieur, je suis le frère, etc..., etc...

— Monsieur, c'est à l'auteur de l'article que vous devez vous en prendre. Je vais vous l'envoyer.

Sortie de Villedeuil.

Ce fut alors une procession de gens qui passaient un à un dans le cabinet — Sous prétexte de s'expliquer.

Je ne sais plus trop comment la chose s'arrangea. Je sais

seulement qu'elle s'arrangea pacifiquement, ce dont Venet témoigna sa satisfaction — la seule de la journée.

Le journal *Paris* fut supprimé par jugement correctionnel après une année d'existence.

Il était temps de le supprimer, car il allait mourir de sa belle mort, avec sept cents abonnés.

Les deux journaux qu'il a fondés n'ont guère coûté à M. le comte de Villedeuil que cent cinquante mille francs, — le seul argent, a-t-il dit, qu'il ne regrettât pas.

# LE MOUSQUETAIRE

JOURNAL D'ALEXANDRE DUMAS.

# LE MOUSQUETAIRE

## JOURNAL D'ALEXANDRE DUMAS

En ce temps-là, Alexandre Dumas père n'était pas encore Alexandre Dumas seul. Comment et pourquoi l'idée lui vint d'avoir un journal à lui, c'est ce que nous ne pouvons expliquer qu'à moitié. Le désir d'être désagréable à Jules Janin ne pouvait être le seul mobile du grand homme.

La satisfaction d'assouvir de vieilles rancunes, le besoin de se rajeunir par une publicité militante, l'espoir de peser sur les directeurs de théâtre dont l'enthousiasme à son endroit lui paraissait très-refroidi, telles sont, croyons-nous, les premières raisons qui se présentèrent à l'esprit du gigantesque Dumas. Hâtons-nous d'ajouter qu'il espérait aussi et surtout — gagner beaucoup d'argent avec un journal qui devait chaque jour le servir tout nu au public. — Mon Dieu, oui, tout nu et sans cresson.

9

Le nombre des combinaisons qu'on essaya, avant de faire paraître le premier numéro du *Mousquetaire,* est incalculable. Il n'a d'égal que le nombre des tentatives qui plus tard furent faites pour le vendre. Un jour, c'était l'éditeur Jacottet, une autre fois le libraire Cadot, puis Boulé, puis Delavier qui avaient fait des offres. Pas un banquier, pas un libraire, pas un homme susceptible d'acheter un journal pour son utilité personnelle ou pour ses menus plaisirs, qui n'ait été nommé dans les bureaux affamés du *Mousquetaire,* — pas un, depuis Millaud jusqu'à Privat d'Anglemont, depuis Mirès et Solar jusqu'à Guichardet.

## LA MAISON-DORÉE.

eut la gloire d'enfermer dans son sein, c'est-à-dire dans sa cour, la *lamazeric* du père Dumas. Les bureaux du *Mousquetaire* se composaient d'une antichambre, d'un corridor et d'une cuisine. L'antichambre avait vue sur la cour; le corridor était éclairé par l'antichambre, et la cuisine par le corridor.

Le personnel était nombreux. Alexandre Dumas traîne à sa suite une multitude de gens qui, plutôt que de l'abandonner, sont prêts à mourir à ses côtés — pourvu que ce soit de faim.

Cette manière passive de donner sa vie est assez conforme aux mœurs de notre époque. On ne se fait plus tuer pour les gens, mais on meurt encore à leur service...

L'ordonnateur de la copie avait nom Mages, — on n'a jamais pu connaître son prénom. Mages était sans contredit le plus honnête homme de la maison. Il avait été avocat, mais dégoûté d'une carrière exercée par Théodore Bac, il s'était laissé séduire par les pompes du théâtre, et — comme dit Arsène Houssaye — il avait chaussé le cothurne.

Il faut croire que Mages avait des cors, car le cothurne lui parut bientôt trop étroit. Il jeta aux orties la cape de don César et la couche de réglisse d'Othello ; et, en attendant une position plus sociale, il faisait le journal du père Dumas, — ce qui prouve que Mages n'était pas né sous une bonne étoile.

Singulier homme que cet

## ALEXANDRE DUMAS !

Je me suis demandé souvent s'il méritait le dernier supplice ou la couronne de lauriers. En somme, le supplice serait peut-être sévère ; mais, si nous le couronnons jamais de lauriers, que ce soit au même titre que le jambon.

Pour apprécier Dumas à sa juste valeur, il faut le décomposer chimiquement.

On fera deux parts des éléments qui le composent, et chacune de ces deux parts donnera un homme différent.

## LE PREMIER DUMAS

ou Dumas-nature, est un grand nègre à la lèvre lippue,

aimant tout ce qui brille et reluit, prenant la verroterie pour le diamant, le bruit pour la gloire.

Inférieur à la race blanche, exploiteur du travail d'autrui, en proie aux instincts de la Guinée, sincère comme un arracheur de dents, retors en affaires, égoïste, cupide, s'attribuant impudemment les idées des autres, tel est le nègre Dumas.

### LE DEUXIÈME DUMAS

ou Dumas aux champignons, est un produit artificiel. C'est un homme charmant, bon, dévoué, ému jusqu'aux larmes des misères qu'il rencontre, travailleur infatigable, d'un esprit facile et entraînant; mais, de ces qualités et de ces vertus, il n'a que le reflet. C'est le plus ingénieux des singes; il a remarqué ce qui *faisait bien* chez les grands hommes; il tâche de l'imiter, — et il y réussit. Mais, en somme, le Dumas aux champignons est à la grandeur d'âme ce qu'un frère Lionnet est à Frédéric Lemaître.

Ce fut une singulière parade que celle des premiers numéros du *Mousquetaire*. Paillasse promettait bien des choses, mais il n'a tenu aucune de ses promesses, pas même celle qu'il se faisait à lui-même, et qui était d'avoir des abonnés nombreux. Quel vacarme! quel charivari! comme il allait tout enfoncer! — et aussi comme il n'a rien enfoncé du tout, — si ce n'est ses lecteurs.

Quoi de plus curieux que ces interminables causeries qui commençaient invariablement le journal?

« Chers lecteurs,

Respirons, s'il vous plaît.

Ah !

Y êtes-vous ?

Oui.

Et moi aussi.

Je vous ai promis de vous tenir au courant de tout ce que je ferais.

Je vais m'exécuter.

Voyons...

Qu'ai-je fait hier ?

Ah ! je suis allé porter des secours à deux orphelins.

L'un, un garçon charmant que je vous recommande, m'a entouré de ses deux petits bras et m'a dit :

— Merci !

L'autre m'a serré la main.

Eh bien !

Vous me croirez si vous voulez, j'ai pleuré...

Oui, pleuré !

Cela vous étonne ?

Ah ! un enfant sans sa mère. c'est comme une mère sans son enfant.

C'est la douleur, c'est l'abandon.

Songez-vous quelquefois à votre mère, chers lecteurs ? etc..., etc... »

Le reste n'était pas moins intéressant.

Ce genre de littérature s'appelle du galidumas.

Ce qui étonne et fait rêver, c'est que Dumas aux champignons ait trouvé quelques fanatiques disposés à se repaître de semblables lectures.

C'est en vain qu'on a imprimé des milliers de fois :

Dumas seul est un mythe, parce que Dumas n'est jamais seul.

Si Dumas était seul, il ne serait pas.

Dumas a eu soixante-quatorze collaborateurs connus. Soyez convaincu qu'il est marié en soixante-quinzièmes noces.

Son nom sur un livre remplace la vieille formule : par une société de gens de lettres.

Non-seulement Eugène Sue et Frédéric Soulié, mais encore tous ceux qui n'ont signé que leurs propres écrits, lui sont supérieurs...

Cela n'a rien fait. Il y a une couche de la société qui croira éternellement au prussien Royomir, au serpent de la rue Lacépède, et à Alexandre Dumas !

*Le Mousquetaire* a vu passer des rédacteurs...

Mais ils voulaient de l'or, c'est ce qui l'a tué!

Il est bon d'apprendre au public que c'est un usage généralement établi de recevoir une somme d'argent en échange de son travail. Ainsi le présent article est arrangé de façon à me valoir soixante-quinze francs payables sur copie à la caisse du *Figaro*. C'est, du reste, le seul argent qui me serait venu du *Mousquetaire*.

A soixante-quinze francs l'article, en admettant qu'on en fasse huit par mois, vous voyez qu'on peut vivre, si l'on a de la fortune avec cela.

*Le Mousquetaire* PROMETTAIT un payement sérieux à ses rédacteurs ; mais — comme Péponnet — *il ne passait pas de papier*. Il n'y avait rien d'écrit ; de façon que — au bout de six mois — les rédacteurs, n'ayant jamais touché un sou, ou du moins n'en ayant touché qu'un, s'en allaient comme ils étaient venus, mangeant leurs fonds avec leurs revenus. Et, chose étrange, incroyable, abracadabrante, *le Mousquetaire* avait

### UN CAISSIER.

Ce caissier se nommait Hirschler. Il appartenait à la race qui ne mange pas de porc pour éviter la lèpre, — quand il n'y aurait qu'à se laver pour obtenir le même résultat. Heureux caissier que cet Hirschler ! comme il était calme et sans soucis ! les bras croisés du matin au soir ! Bonne place !

Et ce journal se faisait à la Maison-Dorée... O ironie !

Michel, le fidèle serviteur du père Dumas, s'était installé dans la cuisine. Il s'était arrangé un lit avec des numéros invendus du journal. C'est là que ce bon domestique fumait chaque jour un nombre de pipes indéterminé. Il avait donné l'ordre d'introduire auprès de lui les actrices qui se présenteraient pour des réclamations.

### RUSCONI

Fondé de pouvoirs et agent d'affaires du père Dumas, était remarquable par sa tenue. Il avait pour spécialité de s'interposer entre le caissier et les rentrées. C'est Rusconi qui s'écria un jour en plein bureau :

— Il faudrait si peu de chose pour que le journal eût du succès... Si seulement tous les créanciers de monsieur venaient s'abonner.

Les premiers rédacteurs du *Mousquetaire* furent : Philibert Audebrand, Alfred Asseline, docteur Casimir Daumas, Georges Bell, B.-H. Révoil, frère de madame Louise Colet, Edmond Viellot, Henry de La Madelène, Gaston de Saint-Valry, Henri Conscience, le capitaine Mayne Reed, et un garçon du plus grand avenir, nommé Aurélien Scholl.

Le jour où, faute de recevoir les subsides convenus, la rédaction en masse envoya sa démission, Dumas-nature, non content de ne pas avoir payé les gens qui lui avaient fait son journal pendant un an, les insulta le lendemain dans sa causerie avec son lecteur.

C'est que le père Dumas a la prétention d'être aimé !

Être logé, nourri et blanchi, il n'y tient que médiocrement ; mais admiré, encensé, hypercomplimenté — voilà son affaire !

Mon Dieu, donnez-lui l'adulation quotidienne !

En fait, il y a autour du Grand Lama bon nombre de fanatiques. Il est si aimable quand il veut ! Il vous *empoigne* à première vue. Puis, on est *l'ami de Dumas*, il vous tutoie. Il assure qu'il n'a rien de caché pour vous, que vous êtes son meilleur ami... On ente son petit amour-propre sur cette immense vanité, et le père Dumas vous autorise à porter dans la rue un des rayons de son auréole.

En somme, il y a peut-être un troisième Dumas, un Dumas aux pommes. Celui-là est le dramaturge par excellence, le romancier le plus entraînant... Il a une délicatesse d'invention, une habileté d'arrangement, un art dans le métier — qui sont presque du génie... Mais, avec ce diable d'homme, il est fort difficile d'arrêter son opinion. On peut dire sur son compte tout le bien et tout le mal possibles... Tout serait vrai !

9.

# DOUZE MILLE AMES

# DOUZE MILLE AMES

Au temps des diligences jaunes,
Quand les voyageurs harassés
Avançaient leurs têtes de faunes
A travers les carreaux cassés,
Ils apercevaient au passage
Des bonshommes tout étonnés
Qui, pour voir des gens en voyage,
Sur leur porte allongeaient le nez...

Et, en les voyant ainsi derrière les fenêtres, ou assis sur
le seuil des maisons, ou arrêtés dans la rue pour se répéter
ce qu'ils s'étaient dit la veille, on se demandait quel pouvait être la vie de ces gens à l'horizon borné qui ne comprennent le soleil et le ciel bleu que relativement à la ré-
colte prochaine.

Il n'est personne qui, pour une raison ou pour une autre, ne soit allé passer quelques jours dans

## UNE PETITE VILLE

J'en ai vu plusieurs pour ma part, une entre autres, une surtout dont le souvenir m'inspire encore une hilarité mêlée de terreur. J'y retrouvais un ami du temps passé, du temps où nous avions seize ans à nous deux. Il était alors blond et pétulant, gentil comme une petite fille... Quand je le revis, c'était un *môssieu* pétri de suffisance, lourd, commun bête et ignare. Il tenait les bras éloignés du corps, posait son chapeau sur le derrière du crâne et marchait en se dandinant. Des favoris énormes exagéraient l'ampleur paysanesque de sa grosse figure. Il riait fort et en se tordant. Ses oreilles rouges et démesurées se déployaient comme si sa tête allait s'envoler... Eh bien, je vous le jure en conscience, dans ce pays-là — il était beau!

C'est à cet être qu'échut l'honneur de me promener.

Il me montra l'*église*, le *port,* il me fit voir l'*étalage*, m'indiqua le *pâtissier,* et me présenta à un bourgeois qui avait un tableau.

### M. LE MAIRE

nous donna à dîner. Soupe au choux, poulet sauté, poulet à la broche, poulet à la sauce blanche, — et des fruits à discrétion.

On causa de la fortune de mademoiselle Machin. M. le maire nous fit entendre, en clignant de l'œil, que le père Bourchot était un *vieux malin* et qu'il *avait de quoi;* il ajouta que M. Michelard était un homme *conséquent,* et M. Ducresson un homme *bien capable.*

Pour ces gens épais, à intelligence nulle, à petites passions, à intérêts étroits, la valeur de chaque individu se mesurait à ses arpents de terre.

Mon *ami* me poussa du coude, dans la *grand'rue,* en me désignant d'un air malin une petite dame qui passait.

— C'est, me dit-il, la femme de l'ancien médecin d'ici. On ne la reçoit nulle part... Elle a eu une *mauvaise vie.*

Et il m'apprit que, mariée fort jeune à un homme dont l'âge ne pouvait faire oublier la laideur, elle avait eu un *sentiment* pour un damoiseau du voisinage.

Elle avait lutté contre son cœur et lui avait écrit. Elle lui avait écrit :

« Je ne serais jamais à vous, parce que je crois en Dieu, et que je veux dormir en paix, dans notre petit cimetière, à côté de ma mère, qui a toujours été vertueuse. Je ne serai jamais à vous, et cependant je vous aime... »

En effet, elle résista. Mais le lâche montra sa lettre, qui fit le tour de la ville. Et cette épouse martyre, cette héroïne fut persifflée et moquée par ce bétail humain pour qui le sacrifice est chose fermée. Les dames de la ville se croyaient vertueuses parce qu'elles n'avaient jamais aimé, — pas même leurs maris.

Pauvre femme! toujours seule, palie et dévorée par une souffrance sans confident! je la vois encore les yeux baissés et le front penché, expiant son renoncement sublime, et personne, sur son passage, ne lui faisait l'aumône d'un salut.

Les brutes qui la coudoyaient se regardaient d'un air goguenard.

Quelques instants après, nous nous croisâmes, mon *ami* et moi, avec un homme, jeune encore, qui cheminait mélancoliquement, et dont la physionomie me frappa.

— Quel est ce monsieur? demandai-je.

Mon compagnon fit une moue dédaigneuse.

— Ça? C'est

## LE JOURNALISTE

Malheureux! il était seul de son espèce dans toute la ville. Personne qui pût lui donner une idée en échange des siennes! Comment et à la suite de quelles infortunes était-il venu s'échouer dans ce trou, — peuplé de douze mille âmes d'après la carte départementale, mais tout au plus de douze mille corps, d'après la plus simple raison?

Quand l'homme de lettres s'est vainement épuisé en efforts pour arracher à l'indifférence du public quelque lambeau de célébrité, il arrive souvent qu'il se condamne à un exil volontaire, et va, pendant quelques années, rédiger le canard politique de quelque ville de province.

La première condition de succès pour un journal de petite ville, c'est de n'avoir pas pour rédacteur un écrivain du crû. Nul n'est prophète dans son pays, et c'est en province surtout que le journaliste doit être immaculé. Le café lui est interdit, et s'il a derrière lui quelque aventure galante, il est condamné au mépris du sous-préfet.

Il y avait autrefois à Paris une pépinière de journalistes qu'on appelait

## LE BUREAU DE L'ESPRIT PUBLIC

C'est de là que sont partis, pendant une période de quinze années, tous les journalistes ministériels des départements. La plupart ont fait leur chemin. Les uns ont été nommés sous-préfets, d'autres préfets. Quelques-uns ont siégé à la chambre des députés... Ceux qui sont assez heureux pour contracter un riche mariage dans leur ville d'adoption, renoncent, pour la plupart, aux belles lettres. C'est bien là, du reste, le parti le plus sage qu'on puisse prendre, aujourd'hui que la littérature ne peut être considérée, par les gens dont l'ambition est sérieuse, que comme un moyen d'arriver à autre chose...

Le lendemain, j'étais attablé avec le *journaliste,* et voici ce qu'il me raconta :

Mon premier journal a été *l'Indépendant* de M... Il faut vous dire que *l'Indépendant* justifiait assez peu son titre, puisqu'il avait été vendu à la préfecture. A mon arrivée dans la ville, j'allai rendre visite aux autorités qui me reçurent avec une gravité que je tâchai d'imiter de mon mieux.

J'annonçai dans mon premier-M... que *l'Indépendant* allait entrer dans une voie toute différente que celle qu'il avait suivie jusqu'alors. J'augmentai le format, je promis des caractères neufs et une multitude d'améliorations successives. Le journal, qui avait été rempli maladroitement jusqu'alors d'articles d'emprunt, prit bientôt une certaine tournure ; et, après trois mois, il fut constaté que le nombre des abonnements avait augmenté de vingt-sept !

J'eus recours aux affiches, je multipliai le nombre des échanges, afin qu'on vit dans les départements voisins :

« Nous lisons dans *l'Indépendant*, de M... etc... »

Je tâchai de convaincre les commerçants de la nécessité des annonces... Tout cela amenait bien quelque chose, mais si peu de chose !

J'imaginai alors d'intéresser le public par des faits locaux. Je criai tous les jours :

« Les rues sont mal pavées ; la ville est mal éclairée ; les trottoirs sont insuffisants, etc., etc. »

Le préfet m'écrivit que la ville était endettée, et que je ferais bien de mettre un terme à des plaintes qui blessaient la municipalité.

Mais cette mine précieuse une fois épuisée, à quels faits locaux pouvais-je me livrer ?

Il ne se passait rien dans cette sotte ville !

₂A peine si, de loin en loin, un paysan des environs jetait sa femme dans un puits! J'offris cent francs par mois à un mauvais drôle de M..., pour y commettre quelques bris de clôture, et, s'il était possible, quelques tentatives d'assassinat. Il accepta, et cela me réussit d'abord. Je donnais à ces petits événements une couleur qui en faisait autant de drames :

« La rue Saint-Dizier a été témoin d'une épouvantable tentative... »

Ou bien :

« Tout le quartier de la rive est plongé dans la consternation... »

Les habitants n'osaient plus sortir de chez eux, mais l'Indépendant était plein d'intérêt.

On finit cependant par s'apercevoir que je racontais quelquefois les événements une heure avant qu'ils ne fussent arrivés. L'autorité s'en émut, et je crus prudent de quitter la ville, qui retomba aussitôt dans sa torpeur.

Je fondai alors le Franc-Parleur de B..., journal qui paraissait de temps en temps. Mais j'avais beau multiplier les affiches et faire tambouriner dans la ville les nombreux avantages que j'offrais à mes abonnés, la population restait fidèle à

L'ÉCHO DÉPARTEMENTAL.

Je voulus alors frapper un grand coup. Un pâtre des environs ayant disparu mystérieusement, je racontai en quel endroit précis et de quelle manière il avait été dévoré par cinq loups.

On remarqua dans la ville que *le Franc-Parleur* était mieux renseigné que *l'Écho*.

Mais *l'Écho* me demanda le lendemain comment, en admettant que le pâtre eût été dévoré par les loups, je pouvais savoir qu'il y en avait justement cinq; j'affirmai d'une façon péremptoire qu'il y avait cinq loups, ni plus ni moins, et qu'ils s'étaient enfuis à l'approche d'un gendarme.

On commençait à me croire quand le cadavre du pâtre fut trouvé dans la rivière.

Encore une ville qui devenait impossible!

Je voulus faire une dernière tentative, et je pris la rédaction du *Courrier de R...*

Un amateur de la ville m'offrit mille francs pour publier en feuilletons un roman russe intitulé :

### L'OURS.

Ce fut un *tolle* général dans la ville. Les abonnés voulaient me tuer. Des boutiquiers sortaient sur mon passage :

— Hé! me criaient-ils avec cette familiarité impertinente des gens du Midi, que diable nous donnez-vous là?

Je dus interrompre cette publication pendant quelques jours. J'avoue, du reste, qu'il est impossible de se faire une idée de ce roman; c'était illisible. Mais — mille francs!... Un mois après, je donnai un second feuilleton.

On m'honora d'un charivari.

Toutefois, je n'en eus pas le démenti. Tous les mois, je publiai un feuilleton de *l'Ours ;* puis je me renfermais pendant quelques jours, jusqu'à ce que l'irritation fût calmée.

Aujourd'hui, j'ai pris mon parti des tristesses bouffonnes de cette existence. Je veux mourir rédacteur du *Mémorial.*

La femme du médecin et moi, nous sommes les deux êtres les plus malheureux de la ville ; — tous les deux incompris.

# LES EMPRUNTEURS

# LES EMPRUNTEURS

Le grand parti des emprunts fait chaque jour de nouvelles recrues. Les boursiers eux-mêmes se sont engagés comme volontaires. Il est temps d'opposer une digue à ce débordement.

Si l'on appliquait à la quadrature du cercle ou locomotion aérienne la somme d'intelligence et d'esprit qui se dépense chaque jour à Paris pour arriver à la possession du *louis* nécessaire ou des cent sous de rigueur, nul doute que les deux grands problèmes ne fussent immédiatement résolus.

Combien y a-t-il de gens, sans famille et sans ressources, qui doivent:

1° A la complaisance d'un tailleur débonnaire, la confiance de leur restaurateur;

10

2° A l'avantage d'être vus, chaque soir, dans un milieu riche et élégant, des relations qui leur valent un mariage;

3° A leur mariage, une position, un titre, une sinécure.

Tel est l'engagement des choses parisiennes.

Un homme abandonné du tailleur n'a plus qu'à s'attacher une pierre au cou et à prendre son dernier bain dans la Seine.

Les rats ne quittent un vaisseau que quand il est fatalement condamné.

Industriels audacieux, les tailleurs escomptent le physique, l'habileté et jusqu'à l'entregent de la jeunesse pauvre et ambitieuse. On dirait qu'ils se plaisent à placer au hasard une partie de leur temps et de leurs étoffes.

En vous prenant mesure d'une redingote ou d'un habit, ils mesurent aussi votre avenir.

Pourquoi pas? puisqu'on peut calculer pour l'écartement de l'angle la largeur d'une rivière ou la hauteur d'une tour?

Aussi, parlez-leur de quelque célébrité politique, financière ou artistique, ils vous diront avec un orgueil mal déguisé:

— Cet homme-là, monsieur, je l'ai habillé pendant quatre ans sans lui demander un sou. Je savais qu'il était sans ressources, mais je l'avais jugé. J'ai vu qu'il avait des *moyens*. J'ai deviné qu'il ferait son chemin, *et je ne me suis pas trompé!*

Quand il s'est trompé, par exemple, le tailleur traite facilement son homme de filou.

Il replie à jamais l'étoffe et la doublure, et sa bonté s'arrête à toute la nature.

## LES SERVICES D'ARGENT

il faut bien les reconnaître, sont, en France, les seuls services
*réels*.

L'intérêt qu'on vous porte, les recommandations, les dé-
marches, toutes choses qui sont comptées comme services en
Angleterre, n'ont aucune valeur parmi nous.

Ceci posé, calculez un peu ce qu'il faut de génie pour se
procurer le nombre d'amis qui doit suffire à l'existence d'un
homme !

L'emprunteur part de ce principe : Qu'on ne peut guère
refuser trois fois de suite vingt francs à un ami.

Puis la formule du refus est une et brutale. La formule de
l'emprunt, au contraire, est flatteuse, touchante et variée.

*Formule n° 1 :*

« CHER AMI,

» Deux louis jusqu'à demain *pour ne pas rentrer chez moi.*
J'attends chez ton concierge. »

*Formule n° 2 :*

« Très-cher, j'ai sur le dos une voiture et une femme.

Vingt-cinq francs sont de rigueur. *Je viendrai te prendre demain pour déjeuner...*

« Post-Scriptum. — Ne descends pas. La femme ne veut pas être vue. »

Vous envoyez les vingt-cinq francs, et, en regardant par la fenêtre, vous apercevez votre ami qui s'en va tranquillement à pied.

*Formule nᵒ 3 :*

« Vous avez toujours été si gracieux et si bienveillant pour moi, que je n'hésite pas à venir vous demander un petit service. La terrible bouillotte m'a mis complétement à sec. Il me faut à tout prix cent livres pour quelques jours. Je sais que vous êtes en fonds. *J'aime si peu à emprunter*, que j'ai préféré m'adresser à vous qu'à tout autre. Vous me comprendrez, etc.

*Formule nᵒ 4 :*

« Mon ami, le journalisme est un sacerdoce. Envoyez-moi de grâce tout ce dont vous pouvez disposer. Clichy me guette. On est à mes trousses. Faites pour moi ce que nous ferions tous pour vous. Un refus serait une offense, mais je connais trop votre cœur.

Nota. Sur cent cinquante emprunteurs, il y en a *un* qui rend.

Défiez-vous cependant de celui qui,

Vous ayant rendu vingt frans une première fois, vous emprunte vingt francs le lendemain ;

Qui, vous ayant rendu vingt francs, vous en emprunte quarante.

Et ainsi de suite.

L... nous montrait dernièrement une lettre ainsi conçue :

« MONSIEUR,

» Je ne sais comment qualifier l'insistance que vous mettez à me réclamer les *deux* ou *trois* cents francs que j'ai le malheur de vous devoir. Vous devez bien penser que, si cela m'était possible en ce moment, je me hâterais d'en finir avec vous, afin d'avoir le droit de vous dire tout le dégoût que me cause votre cuistrerie... »

— C'est drôle, ajoutait L..., j'avais confiance en lui, IL M'AVAIT RENDU CENT SOUS.

On se rappelle la lettre adressée à M. Véron par un emprunteur qui y mettait au moins de la franchise :

« Prêtez-moi vingt-cinq louis. Vous avez tant de chance, qu'il est possible que je vous les rende. »

### DÉFIEZ-VOUS ENCORE

de l'emprunteur qui vous embrouille. Celui-là vous demande cinquante francs le matin ; il vous rend dix-sept francs le soir. Le lendemain, il vous redemande cent sous. Puis il vous laisse en dépôt deux ou trois cents francs qu'il a empruntés à un autre ; c'est l'amorce.

Il reprend deux cent soixante quinze francs deux jours après ; puis quatre-vingt-cinq francs, en vous assurant qu'*il tient les livres*, et, de fil en aiguille, il vous doit enfin deux ou trois cents francs, sans que vous sachiez trop lequel de vous deux est le débiteur de l'autre.

### DÉFIEZ-VOUS SURTOUT

du débiteur qui vous invite à dîner. Celui-là ne vous donnera pas même 5 0/0, et le moyen de réclamer deux ou trois louis à un homme qui vous a offert le pain et le sel.

Cette combinaison est d'autant plus savante, que c'est lui qui a tout le mérite d'une générosité dont vous avez fait les frais.

*
* *

M. N..., qui est un homme rangé, consacre chaque soir une heure ou deux à *écumer* le boulevard. Il monte sa garde entre la Chaussée-d'Antin et le faubourg Montmartre, et tirant à l'écart chaque figure de sa connaissance, il fait son petit boniment :

— Je descends du cercle, je suis rincé. Donnez-moi donc deux louis pour me refaire !

Il a eu, dit-on, des soirées de six cents francs.

Mais l'impudence ne suffit pas toujours, il faut aussi ne pas manquer de mémoire.

Ainsi, l'autre soir, M. N..., qui avait déjà accosté le baron F... au coin de la rue Taitbout, le rencontra une demi-heure plus tard sur le boulevard Montmartre et voulut recommencer sa petite histoire.

— Faites donc attention, mon brave, répondit le baron, je vous ai déjà donné tout à l'heure !

*
* *

Un soir de cet hiver, on jouait chez madame de C... M... (Qu'on me pardonne toutes ces initiales, j'ai peur des procès.)

M. D..., rédacteur d'un journal influent, avait constamment perdu.

— Faites-moi passer dix louis, lui dit un de ses confrères à qui la chance n'avait pas été plus favorable.

D... s'exécuta de fort mauvaise grâce.

Le confrère perdit, joua sur parole et perdit encore.

— Je vous devrai cent cinquante francs, dit-il à son adversaire, — ou plutôt non, *je préfère n'avoir qu'un seul créancier*.

Il enleva deux billets, — les deux derniers, que M. D... avait posés devant lui, et, après avoir payé, il sortit avec cinquante francs dans sa poche, tandis que *son seul créancier* se trouvait dans l'impossibilité de prendre même l'omnibus.

*
* *

Si la Palférine revenait au monde, il lui faudrait faire quelques études pour se remettre à la hauteur de la situation.

Un de nos *modernes* faisait dernièrement sa profession de oi.

— J'ai vingt-huit ans, je suis plein de force et de santé, c'est-à-dire de force et de besoins. Sans énumérer les soins qui m'ont été prodigués par ma tendre mère, les sacrifices que mon père s'est imposés pour mon éducation, voici approximativement ce que j'ai coûté depuis ma naissance.

| | |
|---|---|
| Mois de nourrice. . . . . . . . . | 600 |
| Habillement . . . . . . . . . . | 8,000 |
| Éducation. — Collége. . . . . . . | 6,000 |
| Nourriture. . . . . . . . . . | 15,000 |
| Consultations. — Pharmacie. . . . | 4,000 |
| Voyages. — Menus plaisirs, etc., etc. | |

Je représente donc, à peu près, un capital de quarante à quarante-cinq mille francs, capital employé à faire de moi un homme propre à servir la société, qui ne m'en rembourse pas les intérêts, puisqu'elle me laisse les bras croisés. Il m'est bien permis, après cela, de regarder mon tailleur, mon bottier et mon restaurateur, comme les agents chargés par la société de lui rembourser les intérêts de ce que je vaux personnellement.

*<br>* *

Encore un mot — pour terminer :

L'un de nos La Palférine à qui l'on offrait trois cents francs par mois pour passer quatre heures par jour assis devant un bureau, se récria vivement.

— Trois cents francs par mois, mais je gagne beaucoup plus que cela A EMPRUNTER.

# LES PRÊTEURS

# LES PRÊTEURS

Nous n'entendons parler ni des prêteurs sur gage, ni des magistrats romains.

En prenant pour point de départ que l'on ne prête jamais d'argent que malgré soi et par la force des circonstances, nous appelons prêteur tout individu susceptible de posséder dix francs.

Il est de toute justice, après avoir publié les principales ruses des emprunteurs, de dévoiler aussi les moyens qu'on emploie le plus ordinairement pour *ne pas prêter*.

Le sentiment qui nous porte à *conserver*, ou du moins à *garder pour nous*, est essentiellement comique. La difficulté est donc de déguiser notre égoïsme de manière à sauvegarder nos intérêts, sans porter atteinte à notre réputation de galant homme.

Il est bien dur de dire à une créature humaine qui de-

11

mande, qui regarde et qui attend : « J'ai de l'argent, mais je ne veux pas vous en donner. »

Il est bien cruel de répondre par un refus à la confidence d'une gêne, d'une misère, ou d'un appétit à assouvir;

De faire acte de défiance ou de ladrerie;

De rompre brusquement avec un homme qui vient de vous serrer la main, et cela parce qu'il vous demande vingt francs que vous pouvez si facilement lui refuser !

Cependant, ces vingt francs, qu'on tente si souvent de vous arracher, représentent quelques heures de votre travail; c'est le prix d'une idée que vous avez eue, d'une fatigue que vous vous êtes imposée. Si vous additionnez, comme feu le marquis d'Aligre, les sommes qu'on a voulu vous emprunter dans le courant de l'année, vous trouverez un total bien supérieur au chiffre de vos revenus ou de vos appointements.

Mario Uchard nous montrait dernièrement l'effroyable liasse de lettres qu'il a reçues le lendemain de la représentation de sa *Fiammina*. On lui demandait tout simplement le double des droits d'auteur qu'il ne devait toucher qu'en cinq ou six mois.

Que faire?

Être bon camarade sans être dupe;

Généreux sans être prodigue;

Prudent sans être sournois;

Que de difficultés!

Il est bien plus simple d'être tout bonnement égoïste

\* \*

Un jour du mois dernier, madame B.... va trouver une de de ses amies de pension, épouse d'un notaire patenté.

Les femmes de notaire ne sont point prèteuses; c'est là leur moindre défaut.

— Chère amie, lui dit madame B..., le torrent m'a emporté. J'ai voulu tenter une petite spéculation à la Bourse, et... j'ai perdu. Il faut, à tout prix, cacher cette imprudence à mon mari. Vous avez de l'argent, prêtez-moi mille écus.

— Ma belle, répond la fourmi, j'ai quelque argent, c'est vrai. Mais voici venir la fin de la saison, il me faudra renouveler ma toilette; je vous réclamerai ces mille écus, vous ne pourrez pas me les rendre et nous nous fâcherons. J'aime autant les garder et nous fâcher tout de suite.

## LE VIL MÉTAL

a servi de thèse à bien des poëtes, à bien des philosophes. Arnal seul a su lui rendre justice.

Opinion du Dictionnaire :

« Or, *aurum*, métal jaune, peu dur, peu élastique, très-compacte, le plus flexible, le plus tenace, le plus fixe de tous les métaux. (*N'a pas de pluriel*.) »

Hélas! non, pas de pluriel!

Opinion de Confucius :

« Les avares aiment l'or pour l'or même ; d'autres voient en lui le représentant de tous les biens. »

Ces autres-là ne sont pas des imbéciles.

Opinion de La Bruyère :

« Celui qui estime plus l'or que la vertu perdra l'or et la vertu. »

C'est ce qui n'est prouvé que pour la vertu seulement.

Opinion d'Arnal :

« Si l'or ne fait pas le bonheur, il y contribue du moins énormément. »

Certes, la position d'un homme qui ne sait où dîner est aussi intéressante que celle d'une femme... malade. Mais la race franque a pour elle une excuse vraiment valable, c'est que la race gauloise lui rend trop souvent une moquerie contre un bienfait. Je ne demande pas de reconnaissance à l'homme que j'oblige, mais je ne veux pas qu'il me fasse des pieds de nez.

Cette action si sérieuse d'obtenir de vous un peu de ce métal qui *contribue énormément au bonheur,* les emprunteurs la définissent par ces mots choquants :

TIRER UNE CAROTTE !

Cette formule suffirait seule à justifier l'égoïsme.

A quoi bon mentionner ici les ruses grossières du rentier de mauvais ton qui prétexte d'un billet qu'il a payé le matin ou qu'il paiera le lendemain, d'une rentrée sur laquelle il comptait et qui ne s'est pas effectuée.

Laissons ces naïvetés aux financiers de quatre ans.

Le moyen le plus généralement employé pour ne pas prêter d'argent, c'est d'en demander le premier à l'individu qu'on voit venir.

Il suffit d'un peu d'instinct pour juger la situation.

*      *
*

Nous avons vu démasquer récemment un de mes camarades qui poussait en cela l'habileté jusqu'au génie.

Chacun le voyait dîner *sans supplément* dans une modeste gargote. Dès que l'un de nous avait le malheur de se plaindre de l'état de sa bourse, l'ami le tirait mystérieusement à l'écart et lui disait avec des larmes dans la voix :

— Dis donc, tu ne pourrais pas me prêter trente-cinq sous ?

Généralement mal vêtu, s'emboîtant dans des pantalons trop courts, traînant des souliers éculés, il supportait courageusement toutes les moqueries.

De même que les peuples ont donné un surnom à Alexandre le Grand, à Richard Cœur-de-Lion, à Charles le Téméraire, nous l'avions surnommé *le Panné !*

Il se hasardait seulement, de temps en temps, à nous faire observer, comme dans les collèges, qu'on ne doit *blaguer ni les parents ni les habits.*

Mais ne voilà-t-il pas qu'on apprend, un beau jour, que *le Panné* était propriétaire d'un château dans la Touraine ! Un vrai château avec un parc, des champs, des prairies ! Un château comme je n'en aurai jamais, à moins qu'une jeune héritière ne laisse tomber sur moi un regard bienveillant, — et qu'elle me plaise.

Quand cette nouvelle se répandit, il y eut, comme bien vous pensez, du bruit dans Landerneau.

On démasqua le coupable qui pâlit, balbutia, parla de réparations importantes qui le laissaient dans une gêne momentanée, etc., etc.

Eh bien, on n'a jamais pu savoir ce que le Panné faisait de son argent.

Des vices secrets ? Soit. Mais pas pour vingt mille francs par an.

Enfin, de guerre lasse, nous nous sommes arrêtés à une supposition qui ne manque pas de probabilité.

C'est lui qui fait des restitutions au Trésor sous le voile de l'anonyme.

Voir *Le Moniteur* :

« Une somme de deux cents francs a été remise par un anonyme entre les mains du receveur de ***, à titre de restitution au Trésor. »

Ou bien encore :

« Un honorable ecclésiastique a remis une somme de vingt-cinq centimes entre les mains du percepteur de Saint-n'importe quoi. Cette somme a été immédiatement versée au Trésor. »

* *<br>*

Nous connaissons un banquier de fraîche date, homme de lettres hier, millionnaire aujourd'hui, qui sait se mettre à l'abri des emprunteurs par un moyen assez original.

Cet artiste porte constamment sur lui deux porte-monnaie. — L'un, — le vrai, — est bourré de papier Garat et de pièces sonnantes ; l'autre, — le porte-monnaie des amis, renferme tout juste deux francs cinquante en petites pièces et un timbre-poste pour Paris. Il n'ouvre jamais que ce dernier à ses camarades d'autrefois, et levant les yeux au ciel, il s'écrie avec un profond soupir :

— Ah ! mon ami, que tu es heureux d'ignorer les nécessités du commerce et la cruauté des affaires !

Je sais des gens qui, après l'avoir abordé dans le but de lui emprunter deux louis, finissaient par lui offrir cent sous pour aller dîner.

* *<br>*

X... fumait paisiblement un cigare sur le boulevard des Italiens. Survient H...

*Quærens quem devoret.*

— Peux-tu me prêter de quoi dîner ?

— Mon cher ami, je n'ai qu'un louis et une pièce de vingt sous. Voilà les vingt sous, parce que... tu sais... un louis monnayé, ça vous fond entre les doigts!...

Il... prend les vingt sous et continue sa route.

— Hé! dis donc, s'écrie tout à coup le prêteur, achète-moi quatre sous de tabac sur les vingt sous, *afin que je ne sois pas obligé de monnayer!*

*<br>* *

Chose curieuse, le lendemain même du jour où je publiais un article sur les *emprunteurs,* je recevais une lettre ainsi conçue :

« Cher ami,

» J'espère que, malgré votre boutade sur les emprunteurs, vous voudrez bien remettre deux ou trois louis au commissionnaire, que je vous expédie *franco.* Je vous rendrai ça un de ces matins, si vous voulez bien venir déjeuner avec moi... »

Le moyen même que j'avais indiqué!

*<br>* *

Et maintenant, quelle est la morale de tout ceci?

C'est que le monde est sans doute fort bien tel qu'il est, puisqu'on n'y peut rien changer.

Continuons de nous extasier devant *l'ordre admirable de la nature.*

Prêtons quelquefois de l'argent à ceux qui en ont besoin, et empruntons-en souvent à ceux qui peuvent s'en passer.

Ainsi soit-il!

# TABLETTES D'UN VOYAGEUR

# TABLETTES D'UN VOYAGEUR

## DÉDICACE

*A Monsieur, Monsieur Edme Durascier, poitrinaire*
A PAU (Basses-Pyrénées).

Permettez-moi, monsieur, de vous dédier ce récit humoristique en souvenir des folles gaietés que nous devons, mon ami Lambert-Thiboust et moi, à votre présomptueuse vanité et à ma mauvaise éducation. J'espère que vous serez touché de cette marque de sympathie, et qu'il vous paraîtra convenable de m'envoyer le plus tôt possible une tabatière enrichie de diamants. Cet article pourrait aussi s'intituler : *Courses dans la montagne;* ou encore : *Quinze jours dans les Pyrénées;* mais je l'ai intitulé : *Tablettes d'un Voya-*

*geur;* parce que je suis libre et que je ne dois compte à personne de mes préférences.

A vous de cœur,

A. S.

## ITINÉRAIRE

Pour aller de Paris à Pau, on prend d'abord l'express de Bordeaux, puis le train de Bayonne qui vous dépose à Dax. Une fois à Dax, on monte dans le coupé d'une diligence (coupé qu'on peut obtenir au prix de la banquette en insistant un peu), et on arrive enfin à Pau, où l'on s'empresse de descendre dans le premier hôtel venu, parce que — à Pau — tous les hôtels sont bons, excepté huit ou dix.

## LA VÉRITÉ SUR PAU

La température de la ville de Pau jouit, en Angleterre, d'une excellente réputation. Aussi les têtes anguleuses, les joues creusées abondent-elles dans la patrie d'Henri IV. On prétend que les poitrinaires y vivent jusqu'à cent cinquante ans, c'est-à-dire deux ou trois années de moins que l'âge actuel de M. Charles Rabou. Il est pourtant impossible que cette réunion d'haleines malades n'emplisse pas l'atmosphère de miasmes contagieux; aussi les naturels du pays gagnent-ils le plus souvent les affections que les étrangers viennent y guérir.

Je n'ignore pas que c'est toujours une chose grave que de toucher à une ville ou à une population. Il m'en a déjà coûté pour avoir commis cette imprudence; mais il n'est rien qu'un écrivain convaincu ne doive braver pour éclairer le peuple. Je dis le peuple par habitude, car ce récit ne s'adresse évidemment qu'à l'aristocratie. Il est rare, en effet, que le peuple proprement dit ait des moyens de se payer un hiver à Nice ou à Bagnères.

Le *Mémorial des Pyrénées*, gazette de la localité, publie en guise de premier-Pau, un tableau comparatif de la température de Pau et de celle de Paris.

Voici un spécimen de ce tableau :

|  | AVRIL. | | | |
|---|---|---|---|---|
| 1 | Pau | Grande pluie | Paris | Beau |
| 2 | » | Froic vif | » | Soleil |
| 3 | » | Pluie | » | Sec |
| 4 | » | Grand vent | » | Beau |
| 5 | » | Pluie | » | Beau |

Il faut croire que, Lambert et moi, nous n'avons pas eu de chance, car le spécimen est exact.

En outre, comme dans tous les pays censés chauds, on ne trouve des cheminées que dans les cuisines.

## UNE STATUE APOCRYPHE

Mais ce n'est pas tout encore. Il est un fait plus grave et que je crois de mon devoir de porter à la connaissance des populations.

Au milieu de la place Royale s'élève une statue, sur le piédestal de laquelle une main trompeuse a tracé ces mots patois :

### LOU NOUSTE HENRIC

Eh bien, non, ce n'est pas la statue d'Henri IV, puisque c'est celle d'Émile Augier.

La société des auteurs dramatiques le reconnaîtra facilement. Quant à moi, j'ai fait mon devoir.

## CAS DE MADAME VALDEMAR

Une femme d'un certain âge était assise sur un banc à côté du monument.

Lambert voulut prendre auprès d'elle quelques informations.

— Henri IV était-il aimé dans le pays? demanda-t-il.

— Ah! monsieur, répondit la Basquaise, tous ceux qui l'ont connu le regrettent.

— Pourriez-vous me montrer quelqu'un de ceux qui l'ont connu?

— Certainement dit la Basquaise. Voulez-vous voir sa maîtresse.

— Laquelle?

— Mademoiselle Fleurette.

Lambert me regarda d'un air ébahi.

— Suivez-moi, ajouta mystérieusement l'inconnue.

Nous descendîmes le chemin qui conduit au bord du Gave, et, après avoir côtoyé le torrent pendant quelques minutes, nous arrivâmes à une espèce de hutte adossée au rocher. L'inconnue poussa la porte, et nous aperçûmes une femme d'un âge impossible, agenouillée devant un portrait d'Émile Augier.

Comment l'auteur de *la Ciguë* a-t-il pu arriver à partager la popularité du roi vaillant? Je laisse à des commentateurs plus habiles que moi le soin d'expliquer ce mystère.

La vieille femme nous demanda quelque argent pour mettre la poule au pot.

Il fut satisfait à cette exigence, et nous continuâmes d'explorer le pays.

## ASPECT DU PAYS

Il n'est plus permis d'en douter, les Pyrénées existent, je les ai vues. Il est également vrai qu'elles séparent la France de l'Espagne. Les géographes ne sont pas imposteurs.

Les montagnes sont couvertes de lacs et de glaciers, sillonnées de torrents et hérissées de rochers ridicules par leur grandeur. La plus grande partie est à l'état de lande, et quand un homme sérieux voit tout ce terrain perdu par les grimaces de la nature, il ne peut s'empêcher de s'écrier douloureusement :

— Pyrénées, pourquoi séparez-vous la France de l'Espagne? Ces deux pays y perdent. Vous n'ignorez pas que vos Eaux Bonnes et vos Eaux Chaudes sont des inventions d'hôtelier. Allez-vous-en, Pyrénées! Si l'on veut voir des montagnes, on ira en Suisse!...

## LA TABLE D'HOTE

Chaque soir, à six heures, la cloche des hôtels sonne le dîner. Lambert ne se fit pas sonner deux fois, et je le trouvai assis à côté d'un vieillard chauve et cauteleux. Il s'occupa d'abord de trouver des noms pour chacun des convives, afin de ne pas les confondre dans nos récits. Ces messieurs furent appelés d'après des ressemblances bizarres : faux *Siraudin*, faux *Delacour*, faux *Louis XVIII*, etc., etc.

Une jeune dame anglaise, accompagnée de son époux dont le foie se trouvait en mauvais état, et enfin un certain M. Beauvivier, célibataire de la ville, complétaient le personnel de la table d'hôte.

(On sert le potage.)

M. BEAUVIVIER, à l'Anglaise. — Madame, savez-vous pourquoi les Pyrénées sont couvertes de neige?

L'ANGLAISE. — No.

M. BEAUVIVIER. — Et vous, messieurs?

(Personne ne dit mot.)

M. BEAUVIVIER. — Parce que l'air des montagnes est très-vif et qu'il faut toujours s'y couvrir.

LE FAUX LOUIS XVIII, riant. — Très-joli!

LE FAUX SIRAUDIN, à son voisin. — Monsieur est-il poitri-naire?

LE FAUX DELACOUR. — Non, monsieur.

UN FAUX MONSELET (que nous n'avions pas vu en entrant.) — Ce bouillon est excellent.

(On sert les entrées.)

M. BEAUVIVIER, à Lambert. — Vous êtes sans doute voyageur de commerce?

LAMBERT. — Non monsieur, je suis gendarme.

M. BEAUVIVIER, surpris. — Je vous en fais mon compli-ment.

LE FAUX LOUIS XVIII. — J'en ai connu un à Senlis.

LE FAUX SIRAUDIN. — Monsieur a-t-il le foie attaqué?

LE FAUX DELACOUR. — Non, monsieur.

LE FAUX SIRAUDIN. — Une pleurésie?

LE FAUX DELACOUR. — Non, monsieur.

LE FAUX MONSELET. — Ces truites sont délicieuses.

M. BEAUVIVIER. — On les pêche dans le Gave. Il paraît que

ces poissons remontent des chutes d'eau de soixante-dix pieds. Y en a-t-il en Angleterre, madame?

L'ANGLAISE. — Oh oui... en Écosse.

M. BEAUVIVIER. — En Écosse... Est-il vrai qu'on n'y porte pas de culottes?

L'ANGLAISE, poussant des cris affreux. — Ah!... shoking... vous, polissonne!...

LE FAUX MONSELET. — Le bœuf est savoureux.

M. BEAUVIVIER. — Ah! madame, je suis désolé... J'avais oublié l'acception de ce mot dans la langue d'Albion...

L'ANGLAISE, se remettant. — Ah! vilain... vilain.

(Elle prend du bœuf pour la quatorzième fois.)

M. BEAUVIVIER. — Pourquoi ne peut-il pas y avoir de monarchie dans les planètes?

(Silence général.)

LE FAUX SIRAUDIN. — Monsieur est peut-être paralysé?

LE FAUX DELACOUR. — Non, monsieur.

M. BEAUVIVIER. — Il ne peut pas y avoir de monarchie dans les planètes, parce qu'elles accomplissent toutes une révolution.

LE FAUX LOUIS XVIII. — Très-joli.

LE FAUX MONSELET. — Ces petits pois sont exquis.

LE FAUX LOUIS XVIII. — Y a-t-il des ours dans les Pyrénées?

M. BEAUVIVIER. — Par troupeaux, monsieur, par troupeaux!... Il y a même des histoires terribles que je pourrais raconter aux voyageurs imprudents. Mais l'histoire la plus

curieuse de toutes est, sans contredit, celle d'une charbonnière qui fut enlevée par un ours, le 14 juillet 1833, à
sept heures cinq minutes du soir. Cet ours l'avait remar-
quée depuis quelque temps et n'attendait qu'une occasion
de faire le coup. En effet, monsieur, cet animal déréglé emporta la jeune femme dans son antre. Il lui fit un lit de
feuilles sèches, et, chaque matin, en partant pour la chasse,
il roulait une grosse pierre à l'entrée de la caverne. Enfin,
la charbonnière, outrée de tant de noirceurs, trouva moyen
d'écrire à son mari...

LAMBERT. — Quel moyen, monsieur?

M. BEAUVIVIER. — Je l'ignore. Tout ce que je sais, c'est
que son mari reçut une lettre et alla, accompagné de ses
parents, chercher la charbonnière dans la montagne.

LE FAUX LOUIS XVIII, attendri. — Pauvre femme!

M. BEAUVIVIER. — Et on trouva dans la cabane un petit
monstre, moitié ours, moitié charbonnier (1).

LE FAUX LOUIS XVIII, repoussant son assiette. — Ah! monsieur,
que me dites-vous là!

(Il baisse les yeux en rougissant.)

M. BEAUVIVIER, l'examinant. — Tiens! vous avez un pantalon
collant... c'est fort bien porté... c'est presque aussi joli
que les anciennes culottes...

---

(1) Cette histoire nous a été racontée par un habitant de Pau, qui
ne nous a pas paru plus bête qu'un autre. Elle se trouve, du reste,
dans le *Guide du Voyageur* qui se vend à Pau.

L'ANGLAISE, en délire. — Oh!... crudelity... polissonne!...

(Elle se tord les bras. On lui fait respirer du vinaigre.)

M. BEAUVIVIER, désolé. — Mille pardons, madame... Maudite expression!... je suis confus...

LE FAUX LOUIS XVIII. — Garçon! donnez-moi du vinaigre... de celui où cette dame a mis le nez...

LE FAUX SIRAUDIN. — C'est peut-être un rhumatisme qui vous amène ici?

LE FAUX DELACOUR. — Vous m'embêtez.

LE FAUX MONSELET. — Ces beignets sont suaves!

M. BEAUVIVIER. — En effet, monsieur, cet hôtel est fort bien tenu...

LE FAUX LOUIS XVIII. — On se nourrit bien dans ce pays.

M. BEAUVIVIER. — Admirablement. Je dînerai demain chez un propriétaire des environs...

LE FAUX LOUIS XVIII. — Et vous boirez du jurançon?

M. BEAUVIVIER. — C'est le meilleur vin que je connaisse... aussi je compte m'en donner une culotte...

L'ANGLAISE, poussant des cris. — Ah!... horrible!.. horrible man!

(Elle s'évanouit.)

LE FAUX MONSELET. — Ce gruyère est sublime.

(Le faux Delacour s'essuie et s'en va.)

LE FAUX SIRAUDIN, à voix basse. — Ce monsieur paraît bien mal.

M. BEAUVIVIER. — Ces Anglais sont insupportables!

LE FAUX MONSELET. — Garçon, du cognac!

LAMBERT. — Pourriez - vous , monsieur , m'indiquer un débit de tabac ?

M. BEAUVIVIER. — Oui, monsieur, vous en avez un là... au coin de la rue de la Préfecture.

En effet, nous aperçûmes à l'endroit indiqué l'enseigne suivante :

### GRÉSILLÉ

Marchand épicier, droguiste et de tabac.

## CHAMBRE N° 18.

Le lendemain, vers neuf heures du matin, je dormais de mon premier sommeil, quand on vint frapper à la porte de ma chambre. Il faut vous dire, avant tout, que j'avais obtenu au poids de l'or un poêle dont le tuyau allait se perdre dans la chambre de Lambert, qu'il était censé réchauffer.

Je fus sourd d'abord à l'appel du visiteur ; mais il se mit à frapper de plus belle.

Et il entra, ce grand jeune homme, vêtu d'habillements d'un noir sale et crasseux. Ses cheveux se collaient timidement sur sa tête. Sa démarche avait quelque chose d'indécis. Un sourire faux et bas traçait une ligne profonde sur chacune de ses joues. Il tenait à la main un chapeau de mérinos noir de l'espèce de chapeaux connus sous le nom de *gibus à trois francs*.

— Monsieur, dit-il, je suis homme de lettres.

— Vous êtes homme de lettres, et vous êtes levé à neuf heures? Vous irez loin, monsieur.

— C'est que je suis également commis marchand... de sorte qu'il m'a fallu prendre, pour vous rendre visite, l'heure où mon comptoir me laisse libre.

— Voilà qui est fort bien, monsieur, et en qualité de confrère, j'espère que vous voudrez bien appeler Joseph...

— Qu'est-ce que c'est que Joseph?

— C'est le garçon de l'hôtel... Les matinées sont fraîches... il allumera le feu.

— Pourquoi vous déranger? Je l'allumerai bien moi-même.

— Comment, vous auriez la bonté?

— Mais j'en serai flatté.

Il alluma le feu, ce grand jeune homme; mais, comme il était très-occupé à souffler dans le poêle, il renversa la chaise sur laquelle reposaient mes vêtements.

— Bon! m'écriai-je avec humeur, il faudra me brosser pendant une heure.

— Oh! monsieur, dit l'inconnu avec componction, vous n'aurez pas cette peine... J'ai commis la maladresse, c'est à moi de la réparer.

Un éclair de joie alluma mes prunelles endormies. Mes habits allaient donc être brossés! Depuis longtemps ils n'avaient été à pareille fête.

En effet, le grand jeune homme prit une brosse et s'acquitta à merveille de son office.

— Voilà ! dit-il, quand tout fut fini.

— Merci bien. Fumez-vous ?

— Jamais.

— Alors, je vais fumer tout seul. Voulez-vous ouvrir le
deuxième tiroir de la commode ?... Bien... Voyez-vous des
cigares ?

— Je ne vois que cela.

— Faites-m'en passer daux ou trois... et des allumettes...
Merci !.. et ma robe de chambre ?

— Voilà.

— Seriez-vous assez bon pour approcher mes pantoufles ?

— Les voici

— Vous êtes la complaisance même. Maintenant, ouvrez la
porte et appelez Madeleine... c'est la lingère de l'hôtel... Je
lui ai donné mon gilet pour y recoudre un bouton et elle ne
l'a pas encore rapporté.

— Madeleine ! Madeleine !

— Elle ne répond pas ?

— Non.

— Appelez-la Isabelle.

— Mais si elle s'appelle Madeleine ?

— Raison de plus... ça la changera.

— Isabelle !

— Au fait, je ne me rappelle pas trop son nom.

— Que ne le disiez-vous tout de suite ? Je vais aller chercher votre gilet.

12

Le grand jeune homme sortit et revint peu après, tout essoufflé, tant il avait franchi rapidement les distances.

— C'est le troisième étage, ici? me demanda-t-il.

— Oui, monsieur, c'est bien le troisième étage... soixante-quinze marches seulement... Vous êtes fatigué?

— Pas le moins du monde.

— J'ai à me faire la barbe... voulez-vous mettre de l'eau à chauffer?

— Avec plaisir.

Il mit la bouilloire devant le poêle.

— Par Pluton ! monsieur, vous avez une raie admirable... je n'ai jamais su me faire la raie, moi.

— C'est pourtant bien facile.

— Vous en parlez à votre aise.

— Oh! mon Dieu, si vous vouliez...

— Quoi donc? dis-je négligemment pour dissimuler mes espérances.

— Que je vous la fasse?

— Mais comment donc ! avec plaisir.

Le grand jeune homme me coiffa avec un soin minutieux.

Je jetai les yeux autour de moi; il n'y avait plus rien à faire.

— Et maintenant, monsieur, dis-je d'un ton sévère, qui demandez-vous?

Il me regarda d'un air surpris.

— Je demande M. Lambert-Thiboust.

— Mais ce n'est pas moi, monsieur... M. Thiboust occupe la chambre voisine... Vous venez me réveiller... on n'a pas l'idée d'une pareille maladresse !

— Oh ! monsieur, je suis confus... je vous fais un million d'excuses...

— Un million, c'est trop... je vais vous en rendre.

— Pardon, encore une fois.

Le grand jeune homme s'inclina profondément et entra dans la chambre de Lambert. Celui-ci, plongé dans une demi-somnolence, ruminait un chœur de sortie qui a obtenu quelque succès. Voici ce chœur :

> L'amour est un Dieu malin
> Qu'on peut voir soir et matin
> Il tient un arc
> Dans un parc.

## CHAMBRE N° 19.

— Qui va là ? s'écria Lambert troublé dans ses méditations.

— C'est moi, monsieur.

— Qui, vous ?

— L'auteur du *Pain à cacheter*.

— Qu'est-ce que c'est que *le Pain à cacheter* ?

— C'est une pièce en deux actes. Je vais vous la lire, et, si vous en êtes content, vous la ferez jouer sous mon nom et je vous donnerai quelque chose.

— Vous êtes bien bon.

— Voici le sujet. C'est un homme qui vient d'écrire une lettre et qui n'a pas de pain à cacheter. Il va en emprunter un à une jeune fille qui demeure sur le même palier que lui. Il en devient amoureux et il l'épouse.

— C'est assez piquant.

— C'est ce qu'on m'a déjà dit. Alors, cette pièce marchera. Je vais vous la laisser. Maintenant, en voici une autre. Le titre me paraît heureux :

## UN ACCOUCHEMENT AU XVᵉ SIÈCLE

### ou

### L'AMOUR-PROPRE A MONTPELLIER.

— C'est un drame, sans doute ?

— Vous l'avez deviné. C'est l'histoire d'un homme qui croit sa femme coupable. Aveuglé par l'amour-propre, il refuse de reconnaître son enfant. Son beau-père lui donne sa malédiction et il va se réfugier chez une de ses tantes.

— C'est un drame de famille

— Précisément. Une fois chez sa tante, il devient amoureux de sa cousine, mais celle-ci est éprise de son beau-père, qui est veuf. Sur ces entrefaites, arrive un aide de camp du roi, qui ravage le pays et emporte l'enfant, après avoir mis le feu à quatre chapelles. Le malheureux époux est obligé de quitter Montpellier. Ici s'arrête le premier acte.

— Monsieur, interrompit Lambert d'un ton grave, vous croyez parler à un auteur dramatique. Eh bien, on vous a trompé. Que ceci reste entre nous, je vous en prie : je m'appelle Villebrequin et je voyage pour les garnitures de boutons... Je vois à votre visage que vous n'en avez pas besoin. Par conséquent, mieux vaut nous séparer tout de suite que prolonger plus longtemps une double mystification.

> Vide pedes, vide manus,
> Noli esse incredulus.

Il dit, et saisissant le grand jeune homme par les épaules, il le précipita dans l'escalier.

## LE POEME DU CODE CIVIL

Il était à peine onze heures que tout le monde avait déjà pris place autour de la table. M. Beauvivier avait la parole.

— Que pensez-vous de mon idée ? demanda-t-il.

— Elle est superbe, répondit le faux Louis XVIII.

— Voilà ce que c'est, messieurs, nous dit M. Beauvivier, après nous avoir adressé un salut protecteur. Vous savez tous combien l'étude du droit est aride. Heureusement que l'idée m'est venue de demander à la poésie un secours contre la stérilité des sept codes. En un mot, j'ai mis en vers le livre de nos lois.

— Cela doit être charmant, dit Lambert.

— Je vais vous en donner une idée.

M. Beauvivier toussa légèrement et se mit à chanter :

### TITRE II. — DES AJOURNEMENTS.

#### ARTICLE 1er

AIR *Reçois dans ton galetas.*

Dans tous les ajournements
Libellez votre demande,
Et concluez clairement,
Sans quoi vous paîrez l'amende,
Laquelle sera de vingt francs,
Sans espoir de retranchements.

— Tout le monde voudra être notaire ou huissier, dit le faux Siraudin.

M. Beauvivier continua :

#### ARTICLE 4

AIR *Les dehors les plus séduisants.*

Il faut toujours qu'un bon huissier,
Alors qu'il ne trouve personne,
Affiche, et puis fasse signer
Aux voisins les exploits qu'il donne.
Et s'il n'en est point sur les lieux,
Le juge, ou bien en son absence,
Le praticien le plus vieux
Le parafera sans dépense.

— C'est ravissant! s'écria le faux Louis XVIII.

— Écoutez ce dernier !

### TITRE VIII. — DES GARANTS.

**AIR** *L'amant frivole et volage.*

Pour l'appel en garantie,
Les délais sont de huit jours,
Du moment qu'on signifie
Jusqu'à celui...

— Ah çà ! monsieur, nous laisserez-vous déjeuner, sacrebleu ? s'écria le faux Delacour.

— Mais, monsieur, riposta Beauvivier d'un ton aigre, si la
majorité veut de ma poésie...

— On n'est pas à table pour chanter.

— Soit. Je donnerai une soirée à ces messieurs aujour-
d'hui même, et je leur chanterai les sept codes. Quant à
vous, je ne vous invite pas !

## SENSIBILITÉ DES CUISINIERS

En sortant de table, j'entrai dans la cuisine de l'hôtel
sous prétexte d'allumer mon cigare. Au fond, je n'étais pas
fâché de m'assurer par moi-même de la propreté des employés.

Une vingtaine de canards, serrés les uns contre les autres, entouraient la cheminée.

— Que voulez-vous faire de toutes ces volailles ?

— Du pâté de foie, monsieur, répondit le chef.

— Combien de temps gardez-vous ces canards ?

— On les garde jusqu'à ce qu'ils étouffent.

— Et pourquoi étouffent-ils ?

— Parce qu'on ne leur donne pas à boire. Ils ont à manger tant qu'ils en veulent, mais pas une goutte d'eau. Par ce moyen, ils engraissent d'une manière étonnante. Aussi, quand ils entendent remuer un peu d'eau dans un fond de terrine, il faut les voir arriver, le bec badant et les ailes en l'air ?

— Mais, c'est horrible !

— C'est horrible, mais c'est bon.

— Et là... qu'est-ce donc qui remue au fond de cette marmite ?

— Ce sont des écrevisses.

— Mais elles sont vivantes ?

— Certainement... Mais, quand l'eau va commencer à chauffer, elles passeront de vie à trépas. Restez un moment, vous allez les voir se débattre.

— Et pourquoi ce supplice ?

— Ça les rend plus tendres.

— On devrait donc employer ce moyen pour les cuisiniers.

— Eh ! monsieur, répondit le chef avec dédain, depuis

le temps qu'on les fait cuire comme ça, elles doivent en avoir l'habitude !

Deux jours après, l'impériale d'une diligence nous entraînait loin de ce pays charmant, et nous venions rétablir à Paris notre santé chancelante.

# LETTRES A MON DOMESTIQUE

# LETTRES A MON DOMESTIQUE

(FRAGMENTS)

---

## I

Spectateurs à gueule bée des pantalonnades qui s'exécutent autour de nous, nous avons vu ces gentilshommes de strass et ces interlopes écrivains, accapareurs et abrutisseurs, qui sont les parasites des salons et des arts, s'imposer à la foule idiote comme les mouches qui tombent dans le potage.

Ces messieurs inventèrent l'habit noir et la cravate blanche, et les dommages et intérêts pour coups et blessures.

Aussi, qu'une main retombe aujourd'hui sur une face, l'insulteur, une fois calmé, retirera le soufflet, et l'adversaire — la joue.

C'est ainsi que sera satisfait l'honneur, qui est en vérité de bonne composition.

Ainsi que le cœur, l'estomac a dégénéré. On dîne, on déjeune, et c'est tout.

A peine s'il se trouve quelques schismatiques pour souper en autre temps que le carnaval. Encore ont-ils cubé le plaisir pour établir cette inflexible règle que — pour un nombre déterminé de génovines — on doit avoir un mètre carré d'orgie et de sourires.

Je ne demande qu'une chose à ces laquais du préjugé, c'est de me laisser la rivière et le charbon, le laudanum et la corde.

Que cela m'hébète de les voir toucher à tout!

Vous verrez qu'on ne pourra même plus se pendre. Cet usage tend à disparaître chaque jour.

Ces couards discoureurs ont bien osé dire : « Le suicide est une lâcheté! »

Oh! si cela était ainsi, l'espèce humaine aurait cessé depuis longtemps de fumer sa planète. On se tue trop peu pour qu'il n'y ait pas courage à se tuer. La lâcheté est de subir le joug, d'attendre les infirmités, d'assister à sa propre putréfaction et de recevoir avec humilité le coup du suprême couteau.

L'homme n'est vraiment grand et sublime que quand il est dans toute sa force et dans toutes ses passions; et je m'étonne — après tous les articles que je leur ai donnés dans les reins — de voir encore des enfants et des vieillards se montrer sans vergogne sur les promenoirs.

## II

### L'ESPRIT ET LA FORME

Le paradoxe est plus vrai que la vérité. C'est la vérité qui va vivre et remplacer celle qui se meurt. Le soleil du lendemain est plus vrai que le soleil du jour à l'heure où il décline. C'est ainsi que la jeunesse est en toutes choses plus vraie, plus apte, plus morale que la vieillesse.

Les vieillards ont vécu, dit-on ; ils ont l'expérience des hommes et des choses. — Oh ! s'ils ont vécu, c'est tant pis pour eux, et je préfère avoir à vivre.

Je nie d'abord que trente années de plus ou de moins puissent suffire à affermir le jugement, à consolider la raison.

Et je soutiens, au contraire, que l'usage de la vie ne peut que pervertir les bons sentiments et corrompre entièrement le cœur essentiellement vicieux de la pitoyable créature.

L'expérience, c'est la science de toute ignominie.

L'humanité peut se diviser en quatre catégories : hommes verts, hommes mûrs, hommes blets et hommes faisandés.

La jeunesse s'instruit par intuition. Si l'on ne savait que ce qu'on apprend, on ne saurait rien. Et une fois que l'homme est lui-même, il sait tout ce qu'il est susceptible de savoir. Sa vie a marqué midi, il ne peut que décliner.

Le jeune homme a toutes les audaces, le vieillard a toutes les timidités.

La laideur de la jeunesse est la beauté relativement à la laideur de la vieillesse.

Le vieillard a appris toutes les roueries, toutes les corruptions. Et en admettant qu'il en soit resté pur, — ce qui est impossible, — il aura toujours le désavantage sur un jeune homme qui fera pis peut-être, mais qui ne l'a pas encore fait.

Toute passion est hideuse en soi. Elle s'ennoblit par l'authenticité seule de sa puissance et de sa satisfaction.

La passion chez un homme blet n'est plus qu'une vile convoitise.

Que sera-t-elle donc chez un homme faisandé ?

Triste régal d'amour que ces momies enveloppées de leurs bandelettes !

Si l'enfance est l'ébauche de la virilité, la vieillesse en est la caricature.

Elle déshonore les matériaux que la nature avait temporairement prêtés à l'homme et qu'elle revendique.

Les vieillards sont égoïstes et entêtés

Leurs sens sont usés comme des vieux sous. C'est pour eux qu'on a inventé les astringents et les moxas.

J'en ai connus qui s'érigeaient en donneurs de conseil, et, — tout fiers de leurs rides et de leur dessèchement, — ceux-là me poursuivaient de leurs remontrances, jusqu'à ce que je leur eusse promis, — pour les calmer, — d'aller cueillir des citations sur leur tombeau.

D'autres portaient cyniquement les cadavres galvanisés de leurs passions. Et quand ils me parlaient femmes, je leur répondais *testament et De profundis.*

Si les hommes mouraient à quarante ans, et les femmes à seize, la vertu ne serait plus un mot.

# III

## COMMENT ON FAIT UNE PIÈCE

### § I.

Depuis que le théâtre est plongé dans le marasme et les directeurs dans la désolation, le goût de la littérature dramatique s'est éveillé de toutes parts. Il n'est pas de clerc de notaire à Paris, ou de chétif avocat en province, qui ne veuille avoir son drame ou sa comédie de mœurs. Le besoin d'un *Manuel du parfait dramaturge* se faisait généralement sentir, nous avons tâché de réunir en quelques volumes les règles les plus générales de l'art. Espérons qu'on nous saura gré de cette honorable tentative, tout en regrettant que les limites trop étroites d'un journal ne nous permettent de publier aujourd'hui que quelques chapitres de notre œuvre, à titre de ballon d'essai.

*Aphorismes.* — Au théâtre, on appelle *métier*, l'art de combiner deux vieilles pièces en une seule, et de l'écrire incorrectement.

∴ Pour ne pas manquer son effet, le drame doit être absurde et ne pas en avoir l'air.

∴ La meilleure pièce est celle où tous les personnages sont reconnus — au dénoûment — pour être de la même famille.

Si vous voulez faire un drame à succès, prenez : un forgeron que vous appelez Jean-Pierre, un grand seigneur (comte Luidgi), un tout jeune homme (Fernand ou Valentin), une jeune fille vertueuse, mais bien portante (Marie); vous aurez comme accessoires un testament, des pistolets et une croix d'or.

Jean-Pierre aime Marie (qu'il peut avoir épousée). Luidgi veut enlever la jeune personne, qui est la fille et l'héritière d'un prince napolitain (la croix d'or est là pour le prouver). Marie, après avoir longtemps gémi, consent à fuir pour sauver l'enfant qui doit naître après le prologue.

Jean-Pierre a cherché le ravisseur pendant dix ans. Il le retrouve et le traite de gredin et de grand seigneur.

Le fils de Marie va se battre avec Jean-Pierre, mais la mère éplorée se précipite entre les combattants, en disant à l'un : Voilà ton fils! à l'autre : Voilà ton père! ce qui n'étonne personne.

Cette augmentation de famille chagrine sensiblement Luidgi. Il poignarde Jean-Pierre, il fait noyer sa femme, et présente à Valentin une pastille à l'arsenic. Il se croit libre enfin, et se dispose à jouir en paix du fruit de ses travaux ; mais tout à coup ceux qu'il croyait morts *entrent par le fond*, et au lieu de recommencer (comme vous et moi si nous étions à sa place), le malheureux Italien se fait sauter la cervelle dans la coulisse (au deuxième plan à droite), tandis que Jean-Pierre, attendri, bénit sa famille agenouillée sur un parquet mal ciré.

*Aphorisme.* — La bénédiction est au dénouement ce qu'est le fromage au dessert.

*Nota.* Aussi bien que forgeron, Jean-Pierre peut être tailleur de pierre, cocher ou menuisier. Je ne vois pas non plus d'inconvénient à ce que Marie soit bergère, mulâtresse ou duchesse d'Armagnac. Mais Luidgi ne peut, sous aucun prétexte, n'être pas grand seigneur.

Le drame d'intérieur ne vient qu'après le drame populaire.

Le général — qui a déjà un pied dans la tombe — a épousé Valentine, à l'âge de onze ans. Le général adore Valentine ; mais, en revanche, Valentine ne peut pas le souffrir, et porte constamment à sa ceinture un bouquet que lui a offert une main inconnue... à son mari. Le général surprend son épouse en tête-à-tête avec Paul Lambert, à deux heures du matin. Valentine va s'enfuir avec le vêtement indispensable (au dire de la pudeur du moins, car moi...) ; mais le général l'arrête, — et, laissant les deux coupables en tête-à-tête avec une coupe empoisonnée, il leur donne donne cinq minutes pour réfléchir. Au lieu de réfléchir, ils prennent la clef des champs.

Le général se met à leur poursuite, et, après les avoir cherchés vainement en Italie, il finit par les rencontrer à Paris, au milieu d'une nombreuse famille. Touché d'un accord aussi parfait, il reconnait ses torts, et laisse aux deux amants tous ses biens par testament.

## § II.

Que, s'il s'agit d'un vaudeville, la chose est tout aussi simple.

Beaumignard a épousé Hermance, la sœur d'Henriette. Pélican aime Henriette, qu'il croit la femme de Beaumignard. Celui-ci, trouvant Pélican dans son appartement, se dispose à lui casser les reins, quand arrive Fil-en-Quatre, qui est créancier de Beaumignard, mais qui ne l'a jamais vu. Beaumignard désigne Pélican aux gardes du commerce, et le fait arrêter à sa place.

— Soit, dit Pélican, c'est moi qui suis Beaumignard ; à combien se monte la dette ?

— Onze francs et vingt-cinq centimes.

— Je les payerai si vous m'aidez à chasser ce monsieur de mon appartement.

— Me chasser de chez moi ! s'écrie l'imprudent Beaumignard.

Les gardes du commerce vont l'entrainer, quand Hen-

13.

riette, qui a tout entendu, cachée sous une table, se jette au cou de Pélican, — qui paye.

Si quelqu'un peut me prouver que cette pièce n'ait pas été faite mille fois, je lui donne pour cent sous mon château et ses dépendances.

En dehors des principes que nous avons esquissés, il y a cent façons de faire une pièce. Je connais tel auteur qui ne peut rien imaginer de palpitant sans jouer au bilboquet. Plus la situation est tendue, plus le bilboquet doit être lourd.

Tel autre est incapable de confectionner le moindre vaudeville sans avoir un faux nez et un miroir devant lui.

Ce n'est pas ici le moment de faire ressortir les bienfaits de la collaboration.

Nous citerons seulement l'exemple de M. Eugène Chenillard, connu par d'honorables succès. Un auteur quelconque a-t-il besoin d'argent, il écrit à Chenillard : « Mon petit, envoie-moi cinq cents francs, et je te cède la moitié de mon drame *Sampietro ou le Macaroni des Alpes.* » Chenillard envoie les 500 fr., le drame se joue, et le nom de Chenillard est porté aux nues. Si Chenillard est à la campagne au moment de la représentation, il fait le voyage de Paris pour venir s'assurer par lui-même qu'il a un immense talent.

*Aphorisme.* — Le succès est comme le gros lot d'une loterie qui peut échoir à tous ceux qui ont des billets, mais qui n'échoit qu'à celui qui a de la chance.

Avis aux jeunes littérateurs qui savent lire !

# IV

## LA ROMANCE

Certes, nous sommes un peuple éminemment dégoûté et blasé. Jean Hiroux nous amuse un jour, et nous recommençons à nous ennuyer ensuite.

Tous les genres possibles de littérature sont tombés dans l'égout, et gisent profondément sous la croûte épaisse de l'oubli.

Les romans nouveaux se lisent à peine dans les estaminets.

Eugène Sue est usé, usé, usé, usé.

Les plus grands succès s'en vont en queue de poisson.

Il est curieux de voir comme on écrit aujourd'hui.

La littérature est un travail de marqueterie, une œuvre de patience, où chaque mot ne se trouve pas toujours à la place qui lui conviendrait.

La plume n'accuse jamais la ligne où s'arrête le dessin. Il en résulte un je ne sais quoi de flasque et d'ondoyant où la couleur chatouille quelquefois la vue, mais qui ne supporte pas l'examen.

On jette son thème au hasard sur quelque feuille de papier, puis on tire, on tire, — et l'on fait courir la plume, comme la fileuse fait tourner son fuseau, — tant qu'il y a quelque chose à la quenouille.

C'est là tout le procédé moderne.

L'auteur ébauche ses inspirations et développe toutes les branches inutiles de sa pensée, — sans jamais faire porter à une idée son fruit propre.

On écrit, mais on ne pense pas, et c'est là ce qui fait que la littérature *marchande* n'a aucune signification, ni en philosophie, comme composition, ni en art, comme forme.

Parmi ces révolutions successives du goût et de *la manière,* inébranlable dans ses rimes, une seule chose est restée debout, à l'abri des attaques des iconoclastes :

La romance !

La romance édentée, ridée et choyée cependant, la romance qui *aime* et qui *aimera toujours!*

La romance a tenu bon malgré les turbulents esprits qui l'auraient infailliblement ridiculisée, si elle était ridiculisable. Il lui a suffi de prendre le costume à la mode des temps qu'elle traversait pour que le goût public lui restât fidèle. Les chanteurs de société ne l'ont même pas tuée sous eux. Il est d'immortelles bêtises.

Naïve et champêtre à l'origine, la romance, — à cette époque sombre et désillusionnée, que le doute byronien a couverte de son manteau, — n'a plus chanté qu'au pic des rochers sauvages, où elle jetait aux vents ses blasphèmes et ses suprêmes désolations.

Mais, qu'elle soit moyen âge ou maritime, mauresque ou pastorale, c'est toujours l'amour que chante la romance.

L'amour! c'est là le secret de cette existence si prolongée.

La romance doit régner aux salons et à l'atelier, à la ville et à la campagne, tant qu'il y aura des filles et des garçons, et tout me porte à croire qu'il y en aura encore longtemps.

L'amour est le prétexte éternel du mélodrame et du mariage, de l'adultère et de la romance!

Or, puisque l'amour est sur le tapis, parlons de l'amour.

# V

## L'AMOUR A LA MORGUE

### § I.

L'autre jour, je suivis la foule inquiète qui se pressait à la Morgue pour y chercher une émotion banale ou étancher son ardente curiosité.

Quelles ne furent pas ma surprise et ma douleur de reconnaître sur les dalles une figure amie!

Entre un vieillard et un joueur que la Seine avait rejetés la veille tout souillés de ses baisers fangeux, un enfant était couché, calme et souriant encore sous le masque de la pâleur que la mort avait étendu sur son front.

Le joli enfant! Il était gros et bouffi comme ces chérubins enluminés qu'on voit dans les missels à images. Ses cheveux bouclés ruisselaient sur ses rondes épaules...

La foule le regardait avec admiration.

Il y avait là des jeunes hommes et des jeunes femmes, des enfants et des vieillards, — mais personne ne le reconnut.

Et pourtant, au-dessus de sa tête, on aurait pu voir un carquois appendu, un carquois avec cinq flèches dorées!

L'arc n'avait pas été retrouvé.

## § II.

Cupidon, est-ce bien toi que j'ai revu au milieu de ce sinistre appareil?

Quelle main sacrilége a donc arraché tes ailes de roses? Le feu qui brûlait sur tes autels est-il à jamais éteint? comme dit M. de Florian.

Qu'est-il devenu ce bruyant cortége des Jeux et des Ris qui se pressait sur tes pas?

Serait-ce pas eux que j'ai vu s'enfuir à tire-d'aile comme une troupe de passereaux effarouchés?

Il est donc vrai, l'Amour n'est plus! Cupidon s'est noyé.

Que pouvait-il faire de mieux?

La colombe de l'arche avait au moins trouvé, pour se poser, un rameau d'olivier. Mais l'Amour avait en vain fatigué son essor.

Et quand il a vu toutes les portes verrouillées, tous les cœurs fermés, il s'est noyé, le pauvre enfant!

*Heu! mihi! qualis erat! quantum mutatus aballo!*

Il y avait bien pour lui quelque obscure royauté au fond d'une province lointaine, mais depuis que la philosophie avait fait du dieu de Cythère — *une tendance à l'unité*, — il avait résolu d'en finir avec la vie.

Ç'avait été pour lui le coup mortel

Eh bien, c'était une chose triste et malheureuse à voir que cette victime de l'égoïsme universel, divinité d'un autre âge, vagabonde aujourd'hui et misérable jusqu'à la mort...

Nous n'irons plus au bois, les lauriers sont coupés.

## § III.

J'en étais là de mes larmoyantes cogitations quand Rosine, à son tour, vint regarder au vitrage.

Elle s'appelait peut-être Marie ou Henriette, — à moins que ce ne fût Cœlina, — mais elle devrait bien s'appeler Rosine.

Rosine avait la peau blanche et fine, et le nez intelligemment retroussé.

Ses blonds cheveux, relevés en nattes épaisses, lui auréolaient le front d'une automnale couronne.

Et si, par quelque nuit d'été, les astronomes, il y a seize ans, remarquèrent l'absence de deux étoiles, c'est qu'il avait fallu des yeux à Rosine.

Sa main gauche était seule gantée, et je pus voir ses doigts effilés et ses ongles roses qui se courbaient sur la peau, ce qui est d'une beauté suprême.

Elle avait tout ce qu'il faut sur la poitrine ; — et, puisqu'il est reconnu aujourd'hui que toute femme a son odeur
comme son caractère particulier, je vous dirai qu'elle sentait la fraise.

Oh ! comme elle mit la main sur son cœur en reconnais-
sant l'Amour !

Elle poussa un petit cri, et je crus qu'elle allait s'é-
vanouir.

Elle réclama Cupidon comme son cousin.

Je crois vraiment qu'on le lui donna, et qu'elle l'emporta
dans son châle.

Je m'élançai sur ses traces ; mais elle disparut au détour
d'une rue, et je ne pus savoir quelle était cette charmante
fille, dont le cœur sera peut-être le dernier sanctuaire de
l'Amour

# VI

## TRISTESSE DE CLAUDIUS

### § I.

..... Ce jour-là, Claudius vaguait, grelottant et affamé. Sa tête désolative et basanée, ses regards paradoxalement aigus inquiétaient la police et les bijoutiers.

— J'ai froid, disait-il, je sens les nerfs se contracter en moi. Mon cœur se blottit sous ma douloureuse mamelle, et il est des gens qui, les pieds au feu, disent avec un épais sourire : « En vérité, l'hiver est doux ! »

Oh ! qui leur apprendra l'âcreté du vent de décembre, avec ses baisers corrosifs comme un fer rougi !

### § II.

Il y a là-bas, — par delà la Seine, — des ours et des tigres logés, nourris, chauffés aux frais de l'État.

Ce n'est pas moi qui obtiendrai jamais une aussi agréable sinécure!

Je n'ai qu'une misérable guenille pour couvrir congrûment mon anguleuse charpente, et je vois un serpent qui a deux couvertures de laine! Si je lui en prenais une, on m'arrêterait.

Les enfants ont des brioches pour les ours, et les hommes n'ont pas de pain pour moi.

Que ne suis-je ours!

## § III.

Puis, Claudius, pour aller rendre ses devoirs à un carabin de ses amis, se dirigea vers l'amphithéâtre d'un hôpital.

Là, grimaçaient, — puants et charcutés, — une douzaine de cadavres.

— Quand je serai mort, pensa Claudius, il me semble que je n'abandonnerai pas aussi lâchement mon corps. Si laid qu'il soit, c'est la moitié de moi-même. Si la mort n'était pas le néant, l'esprit de ces hommes viendrait chercher leur cadavre.

Et apercevant, dans un coin, un oublié que le scalpel ne devait entamer que le lendemain, il s'approcha pour causer avec lui.

## § IV.

C'avait été une belle nature d'homme. Il paraissait bien

constitué, et la vigueur semblait courir encore dans ses muscles d'acier.

Les ongles de la misère avaient dû s'émousser contre cette puissante poitrine...

Quel avait donc été le poison dévastateur de cette existence terrassée ? Quelle force inconnue avait pu l'entamer, — ce monument humain ?

## § V.

Claudius souleva le drap qui recouvrait le cadavre, et il aperçut un tatouage sur le bras droit, qui retombait comme au tronc d'un chêne la branche qu'a brisée la tempête.

Au-dessous d'un cœur percé d'une flèche étaient écrits ces mots :

*Désirée, à toi pour la vie !*

— Où étiez-vous, femme, quand cet homme est mort, et pourquoi votre amour n'a-t-il pas obombré la vie qu'il vous avait confiée ?

Si vous l'aviez aimé, vous vous seriez vendue pour racheter son corps.

Cette fille folle que chacun butine sur sa route, peut-être est-ce là Désirée ?

Cette mendiante aux yeux pleureurs, aux lèvres bleuies, c'est Désirée peut-être ?

Chose triste que ces amours qui ont fini à l'amphithéâtre!
Amours?

## § VI.

Claudius avait le cœur gros quand il sortit de là. Ses noirs
cheveux pleuvaient en désordre sur son front obscurci.

La calme lourdeur de la compatissance avait remplacé chez
lui les pensers haineux et les sauvages désolations.

— Ce rose tableau, murmura-t-il, m'a fermé l'appétit, et
je n'aurai de ce soir point besoin de manger. Voilà comme
on économise!

## § VII.

Le lendemain, on le trouva mourant de froid et de faim
sous une arche du Pont-Neuf.

On le transporta à l'hôpital de la Charité. C'est là seulement qu'il devait mourir.

Cette puissante nature s'est éteinte sans souffrance.

Avant de rendre le dernier souffle, il a tourné sept fois sa
langue dans sa bouche, selon le précepte du Sage.

Il a maudit le siècle parâtre qui avait à peine jeté une
guenille sur sa nudité; il a maudit sa mère parce qu'elle
lui avait donné la vie, et la littérature parce qu'elle la lui
avait ôtée.

Puis, le regard calme et le front serein, serrant la main de
son dernier ami, il s'est à jamais endormi en blasphémant.

Et son âme, qu'il niait, s'est envolée vers Dieu, auquel il ne croyait pas.

C'est ainsi qu'on meurt aujourd'hui.

Le découragement a soufflé sur notre ardente jeunesse.

L'intelligence est une maladie qui tue le corps. Il ne faut sentir et comprendre que pour arriver à nier le sentiment et la pensée.

L'homme est né pour ses plaisirs, et les misères mêmes attachées à sa triste condition lui font une loi de se distraire et de se consoler.

De quoi Dieu s'offenserait-il, puisque rien n'arrive contre sa volonté?

L'arbre est heureux dans sa forêt, le crocodile vit sans souci sur les bords sablonneux des fleuves de l'Afrique, et le crapaud meurt centenaire sous le cresson chevelu que caresse l'eau qui court.

Soyons, — le plus qu'il se pourra, végétal et animal. C'est là le bonheur.

Claudius était un peu mort de faim avec tous ces poëtes de 1830, athlètes vaillants que la foule n'a pas applaudis, — et qui cependant sont tombés en souriant!

Au seuil de la vie, alors que la jeunesse à ses yeux éblouis et charmés enchantait l'horizon, Claudius avait voulu escalader le ciel.

« Puisque Dieu s'est fait homme, écrivait-il, pourquoi l'homme à son tour ne se ferait-il pas Dieu? »

Et il dressa contre les nuages la grande échelle de la philosophie.

Puis, quand il se lança pour en gravir les degrés, il retomba lourdement sur la terre, et, seulement alors, il s'aperçut qu'il y manquait les échelons d'en bas.

La science est le brasier où se consument nos croyances.

Claudius n'y put pas vivre, — moins fort en cela que Abetnego qui s'est promené les bras croisés dans une fournaise.

Qu'importe un nom de plus aux pages de notre histoire?

Oublions Claudius.

Il a défendu qu'on priât pour lui!

# VII

C'est ainsi qu'ils finissent tous, Faustin, ces gens qui ne veulent ni pétrir la pâte, ni scier du bois, ni vendre du sucre.

O mes amis, le jour où pendu à la flèche de mon lit, je vous tirerai la langue avec orgueil, dites autour de moi :

« La vie est mauvaise! il s'ennuyait, et il a fait en brave... La vie est mauvaise! »

# VIII

## JOURNAL D'UN BOHÈME

### PAGE 45.

..... Le terrible tailleur veillait à ma porte; cet homme empoisonnait ma vie.

Sa colère s'émoussait contre la cuirasse de mon indifférence, mais la cupidité m'a toujours révolté.

Un matin, contre l'ordinaire, il vint à moi calme et suppliant; sa douleur me remuait profondément.

— Que voulez-vous? lui demandai-je avec des larmes dans la voix.

— Ne consentirez-vous jamais à solder le montant de cette note?

— Qui a dit cela, monsieur?

— Il me semble qu'avec un peu de bonne volonté...

— Écoute, tailleur, deux raisons s'opposent à ce que tu me demandes là : ma panne et mes principes.

14

— Monsieur, je suis père de famille!

— Je t'en félicite!... Eh bien, puisque tu es père de famille, suis bien mon raisonnement.

J'ai vingt ans, et, tu le vois, ma tête est fière comme ma santé.

— Nous avons d'abord un habit de quatre-vingt francs.

— Qui pourrait énumérer les soins que m'a prodigués ma tendre mère? Quels sacrifices mon père ne s'est-il pas imposés pour parfaire mon éducation?

— Un paletot de cinquante-cinq!

— Et le jour où il a vu l'enfant fait homme, il m'a dit : Va!

— Un pantalon haute fantaisie...

— J'ai coûté depuis ma naissance :

| | | |
|---|---|---:|
| Mois de nourrice. . . . . . . . . . . . . . . . . . . . | F. | 600 |
| Habillement. . . . . . . . . . . . . . . . . . . . | | 5,000 |

— Vous m'étonnez!

— Ne m'interrompez pas, tailleur!

| | |
|---|---:|
| Nourriture. . . . . . . . . . . . . . . . . . . . | 10,000 |
| Éducation, collége. . . . . . . . . . . . . . . . | 6,000 |
| Consultations, pharmacie. . . . . . . . . . . | 5,000 |
| Menus plaisirs. . . . . . . . . . . . . . . . . | 8,000 |
| Choses diverses. . . . . . . . . . . . . . . . . | 6,000 |
| Ci. . . . . . . . F. | 40,600 |

Quarante mille six cents francs, entends-tu, tailleur?

— Il y a aussi un gilet doublé molleton...

— C'est donc un capital de quarante mille six cents francs que je représente, capital employé à faire de moi un homme utile à la société, qui ne m'en rembourse pas les intérêts...

— Un coachman collet velours...

— Car elle me laisse en disponibilité...

— Cela fait un total de cent quatre-vingt cinq francs.

— Et cependant je suis rempli d'intelligence et de logique.

— Je n'en doute pas, monsieur!

— Et c'est pour cela que je regarde mon tailleur, mon bottier et mon restaurateur comme les agents chargés par la société de me rembourser les intérêts de ce que je vaux personnellement.

— Et mes cent quatre-vingt-cinq francs?

— Cent quatre-vingt-cinq d'une part, trois cents de mon restaurateur, deux cents ce mon propriétaire, soixante-quinze de mon bottier... cela fait sept cents soixante francs que j'ai gagné ce semestre-ci!

# IX

## PRENEZ UN ÉTAT

Il avait vingt ans lorsque son père mourut.

On lui dit : Prenez un état.

Il répondit : A quoi bon? n'ai-je pas une honnête fortune ?

Il avait une figure avenante, le regard expressif, la main blanche et le pied coquet.

Il était d'une joyeuse et franche nature. On aimait à l'avoir auprès de soi.

Il régnait dans sa petite ville, Surgères, — vingt maisons dans une prairie.

Les dames du pays l'appelaient simplement Marcel.

Il faisait danser toutes les demoiselles et toutes lui serraient la main un peu plus fort qu'il ne l'eût fallu rigoureusement.

Le tantôt, — à la promenade, — on lui disait : Marcel, racontez-nous une de ces histoires qui nous amusent.

Le soir, à l'assemblée, on lui disait : Marcel, chantez-nous une de ces chansons qui nous font rire.

Et jamais Marcel ne se faisait prier.

Il montait à cheval, il chassait, il jouait du violon.

Voilà qu'un jour il vendit la vigne de son père.

Néanmoins, il était riche encore.

Les jeunes gens des environs se réunissaient chez lui. On festinait, on jouait surtout. Puis, il vendit la prairie.

Il acheta des chevaux à la foire de Niort.

Et quand il caracolait sur la chaussée, les rideaux aux fenêtres se soulevaient curieusement, et l'on voyait des ongles roses et des doigts blancs, et de grands yeux de jais et de petites bouches de pourpre.

Il vendit enfin la maison.

Il avait trente ans déjà, et on ne le trouvait plus aussi gai. Cependant, on l'accueillait encore.

Et cela fut ainsi jusqu'au jour où il emprunta de l'argent à ses amis.

Tout le monde, alors, lui tourna le dos.

Il déjeunait chez l'un, dînait chez l'autre ; et chacun lui dit :

— Marcel, prenez un état.

Il répondit :

— Quel état voulez-vous que je prenne ? Il est trop tard.

Dès lors, quand il passait par les rues, on fermait les portes des maisons.

Ses vêtements se firent sales. Il les brossa. Son chapeau

14.

s'affaissa sur lui-même, et les talons de ses bottes prirent de fausses directions.

Son nez s'enflamma, ses yeux s'éraillèrent.

On le montrait au doigt dans la ville.

Les gens charitables lui donnaient du pain. Il vendait le pain et achetait de l'eau-de-vie.

Il couchait sur la paille, et l'hiver il avait froid.

Un jour, ceux qui avaient été ses amis s'assemblèrent entre eux, et ils lui dirent :

— Marcel, vous ne pouvez rester dans le pays, la honte vous tuerait.

Ils lui mirent sur le dos un orgue de barbarie, le prirent par les épaules et le poussèrent hors de la ville.

Alors il pleura comme un lâche : puis il s'arrêta sous la fenêtre d'une ferme, et, pour la première fois, il fit tourner la manivelle.

On lui jeta un sou, et des enfants vinrent qui dansèrent autour de lui.

Il poursuivit sa route en chancelant, et nul ne sait aujourd'hui ce qu'il est devenu.

Quand j'entends sous ma fenêtre le discordant prélude d'un morceau populaire, le cœur me bat, et je me penche pour regarder dans la rue.

En composant un visage avec les traits amaigris et défaits de quelque joueur d'orgue, peut-être un jour retrouverai-je le beau Marcel !

# X

### L'ÉLEXIR DE MON ONCLE

Mon oncle Magloire était vraiment un excellent homme. Il avait pour moi de ces délicatesses de sentiment qu'on ne trouve que chez un père. Que de soins il avait pris, que de tracas il avait subis pour faire prospérer ma fortune! C'était le plus droit et le plus désintéressé des tuteurs, mon oncle Magloire.

Je venais à peine d'atteindre ma majorité, quand une attaque de goutte le prit, qui le conduisit au tombeau. Avant de mourir, il me rendit ses comptes de tutelle, tandis que je pleurais à chaudes larmes; puis, me pressant avec tendresse dans ses bras affaiblis :

— Tu es bien jeune, me dit-il, mon ami, pour commencer, sans soutien et sans conseil, le rude apprentissage de la vie. Tu es fou, prodigue, emporté, enclin à suivre tes mauvais penchants. Ton bon cœur même te sera nuisible. Il se trouvera des méchants pour tirer parti de tes mauvais instincts, et des hypocrites pour exploiter tes bons sentiments.

Ta fortune, je le crains, sera bientôt dissipée. Eh bien, je veux te faire un dernier cadeau, et dans le malheur tu trouveras encore ton bonhomme d'oncle pour t'aider.

Ce disant, mon oncle Magloire prit sous son traversin un petit flacon qu'il y avait caché :

— Prends cette fiole, ajouta-t-il. Si quelque soir tu te trouves sans amis, sans argent, sans espoir, bois-en le contenu et rappelle-toi les appréhensions de ton vieil ami. Il a fallu toute ma vie pour composer cet élixir.

Puis, mon oncle mourut.

Hélas! le bon vieillard ne s'était pas trompé. Je vécus d'abord avec une simplicité qui ne devait pas durer. Je me laissai entraîner bientôt dans le tourbillon des plaisirs. La profusion et le désordre entrèrent chez moi, et après cinq ans d'une vie de dissipation, je me trouvai complétement ruiné.

Toutes mes terres étaient hypothéquées.

Mes fournisseurs me refusèrent un crédit bienfaisant. — O honte! je ne pus obtenir un habit de mon tailleur! — Mes domestiques se retirèrent en m'accusant de leur voler des gages légitimement acquis, — et ils achetèrent des maisons de campagne.

On vendit mon hôtel et mes chevaux. Et mes amis d'autrefois, ceux-là même qui avaient contribué à ma ruine, — me tournèrent le dos.

Dans mon existence folle et agitée, j'avais complétement oublié l'élixir de mon oncle. Je retrouvai la fiole dans un coffret en m'installant dans une pauvre chambre au fond d'une cour noire, humide et malsaine.

Je jetai les yeux sur le portrait de mon tuteur, que j'avais accroché au pied de mon misérable lit.

Il me sembla qu'il fronçait les sourcils et qu'il me regardait d'un œil sévère, comme pour me reprocher de n'avoir pas suivi ses recommandations. — Pardonne-moi, m'écriai je, image chérie! pardonne-moi mon oubli coupable!

Et j'ajoutai, en pleurant comme un enfant : — O mon oncle, vous me l'aviez bien dit!

C'était le soir. J'avalai le contenu du flacon et je ne tardai pas à m'endormir d'un profond sommeil.

Quel ne fut pas mon étonnement, quand je me réveillai, de me trouver dans une chambre élégamment ornée ; l'ameublement était riche et du meilleur goût; autour de moi tout respirait l'opulence, et j'aperçus dans un cadre magnifique la bonne tête de mon oncle qui me souriait.

Je trouvai sous ma main le cordon d'une sonnette, et je l'agitai à tout hasard.

La porte s'ouvrit, et je vis entrer Laurent, mon fidèle Laurent, qui, de tous mes domestiques, avait été le dernier à m'abandonner.

— Monsieur désire-t-il déjeuner dans sa chambre, me dit Laurent, ou dois-je faire atteler?

— Fais atteler, Laurent, répondis-je, croyant faire un rêve.

— Puis-je faire entrer les personnes qui attendent le réveil de monsieur?

— Fais entrer, Laurent, fais entrer.

Ce fut d'abord un tailleur qui venait m'essayer des costumes du dernier genre. Comme j'avais aperçu de l'or dans mon secrétaire, je crus devoir le solder sur l'heure. Mais il parut vivement blessé, et s'empressa de sortir de peur que je ne voulusse le payer.

Puis, un joaillier vint me présenter des bijoux et des échantillons de vaisselle.

Je choisis un service en vermeil, je gardai quelques bijoux, et le joaillier sortit après m'avoir salué respectueusement.

On introduisit enfin le premier commis d'une maison de banque, qui m'annonça que ma dernière spéculation sur les chemins de fer avait complétement réussi, et que son patron tenait à ma disposition une somme de deux cent mille francs.

J'allai déjeuner au café de *Paris*, où je fus fêté par plusieurs de mes anciens amis, et par des amis nouveaux que je ne connaissais pas.

Sur le boulevard, je ne rencontrai que sourires affables autour de moi.

Il me prit fantaisie d'aller voir Berthe, que j'aimais toujours. Dès qu'elle m'aperçut, elle me sauta au cou et me prodigua des marques d'une tendresse si vive, que j'en fus vraiment touché.

Je rentrai à l'hôtel, le paradis dans le cœur.

Un journal m'étant tombé sous la main, j'y jetai machinalement les yeux. Il était daté du 15 septembre.

— Voilà qui est prodigieux, m'écriai-je. C'est pourtant bien le 15 mai que je me suis couché. Est-il possible que j'aie dormi six mois ?

Je m'informai dans la maison, et tout le monde me répondit :

— C'est le 15 septembre.

Je revins alors me placer, les bras croisés, en face de mon oncle, pour lui demander l'explication de ce mystère.

La peinture sembla s'animer, et une voix que je reconnus pour celle de mon tuteur murmura à mon oreille :

— Cet élixir, c'est le travail, qui fait paraître le temps court. Oui, tu as vécu six mois depuis le soir où tu t'es rappelé mon flacon, et maintenant que tu es dans l'opulence, tu as oublié les peines et les fatigues qui te l'ont value. Ta fortune, tu l'as acquise ; tu as payé tes dettes. Je suis content de toi.

Et mon oncle se frotta les mains d'un petit air guilleret.

Je montai dans une chaise et je lui prodiguai des embrassements qu'il me rendit avec effusion. Depuis ce jour mon oncle ne m'a plus parlé.

# XI

## GASPARD LE BOSSU

Un soir, il arriva dans la ville de La Rochelle un petit bossu qui se mit à jouer du violon dans les rues.

Sa tête anguleuse et maladive était rivée à son épaule gauche, et sa poitrine semblait étouffée sous le poids qui l'oppressait. Cette bizarre créature se transportait magistralement sur deux jambes grêles et torses, et chacun la regardait avec curiosité.

Le petit bossu s'était installé, sous le nom de Gaspard, dans le grenier d'une pauvre maison, — et toute la ville bientôt le connut.

Il se levait avec le soleil et s'en allait, — son violon sous le bras, — jusqu'à ce qu'il vît s'ouvrir les volets des maisons matinales. Il s'asseyait alors sur quelque borne, et, après avoir assujetti son instrument, il laissait courir à son gré l'archet sur les cordes sonores.

C'étaient d'abord de lentes mélodies, des accords lourds et graves ; — puis, Gaspard s'animait ; ses petits yeux étincelaient affreusement, — et le violon faisait entendre des accents brisés et désolatifs.

Le public riait et battait des mains.

— Bravo, Gaspard ! lui disait-on.

Et le petit bossu essuyait son front tout couvert de sueur.

Un jour que je m'étais arrêté à l'écouter, il me sembla qu'un voile se levait pour moi, et, dans ce chaos de notes qui se heurtaient et qui gémissaient horriblement, je crus comprendre toute une histoire. Il y avait là des grincements de dents, des cris de douleur et des aspirations désespérées.

J'étais comme doué de ce sixième sens dont parle Hoffmann, et qui nous permet d'embrasser le côté fantastique des choses.

C'était bien un violon qui résonnait, et moi — j'entendais une voix qui se lamentait !

De ce moment, je m'intéressai singulièrement au petit bossu, et je remarquai que chaque matin il allait se poster en face d'une blanche et riche maison voisine du taudis où il demeurait.

Je vis aussi s'ouvrir une fenêtre, et à la fenêtre une jeune fille parut, si belle et si suave, — que je retins mon souffle de peur que cette apparition divine ne s'envolât.

Elle fit un petit signe de tête au pauvre Gaspard, et avec un sourire elle lui jeta une pièce blanche, qui vint rouler à ses pieds.

15

Tous les matins, je suivis indiscrètement Gaspard. Il jouait, — et je voyais comme lui. Je lui volais la moitié de son bonheur.

Mais il arriva qu'un jour la fenêtre ne s'ouvrit pas.

C'était l'hiver, et la terre avait mis ses voiles de neige comme pour une cérémonie.

Et le lendemain la fenêtre ne s'ouvrit pas encore. Seulement la porte de la maison était tendue de noir, et l'on voyait des cierges allumés derrière les draperies.

Puis, le convoi funèbre se mit lentement en marche. — Le petit bossu l'accompagna jusqu'au cimetière, et, au retour, il brisa son violon et en jeta les morceaux dans un fossé.

Plusieurs jours s'étant passés sans que je le revisse, je me décidai à aller demander de ses nouvelles.

— Il est mort cette nuit, me répondit une mégère qui le logeait. Figurez-vous, monsieur, qu'il a refusé toute espèce de nourriture, et qu'après sa mort on a trouvé dans un lit une bourse remplie de pièces blanches. Il nous avait dit que cet argent-là n'était pas fait pour le boulanger, et il s'est laissé mourir de faim plutôt que d'y toucher.

C'est l'avarice qui l'a tué.

Un bon débarras!

# XII

## LES MARAIS DE SANGSUES

### SOUVENIRS DU MÉDOC

.... Entre l'Atlantique et la Gironde vaseuse qui porte à la mer toutes les neiges des Pyrénées, il est une riche contrée où le terrain, puissant et pierreux, pousse une chevelure tourmentée d'arbustes nerveusement crispés.

C'est le Médoc avec ses vignes monotones et ses landelles sablonneuses où verdissent les bruyères et l'absinthe dentelée.

Le Médoc a huit mois d'été, pendant lesquels les papillons à milliers flottent en zigzagant sous le ciel d'indigo.; mais si l'hiver est court, il y est terrible comme un ouragan.

L'Océan soulevé se laisse tomber de toute sa hauteur sur les dunes glacées où les galets concassés roulent comme le tonnerre.

Le vent arrache les arbres et enlève les toitures, qu'il roule au loin dans les campagnes nues ; et si l'on ne voyait, au milieu de cette désolation, s'élever la fumée de quelque toit neigeux, on croirait que la terre est morte.

.... Un matin de décembre, je partis à cheval de Margaux pour me rendre à Blanquefort, où s'arrêtait alors la diligence communale.

La campagne, — à qui les nuages resserrés faisaient une voûte de plomb, — était couverte d'une épaisse couche de neige où quelque rameau brisé passait de loin en loin ses doigts noirs et tordus.

Le silence remplissait l'atmosphère. On entendait les pierres geler dans les champs.

Enveloppé d'un manteau fourré, je me mis en route, — un cigare aux dents, une gourde à ma droite, — et les fers de mon cheval éraillaient la croûte glacée qui recouvrait le chemin.

Aux environs de Peybois, il est de vastes marais où certains propriétaires entretiennent des milliers de sangsues, qui, — croissant et multipliant dans ces eaux qui leur sont favorables, — sont devenues depuis peu l'une des richesses du pays.

S'il est, à vingt lieues à la ronde, quelque rosse hors d'âge, pitoyablement maigre et pelée, ces industriels l'achètent à vil prix et la conduisent au marais, où le malheureux animal végète des mois entiers dans l'eau jusqu'au poitrail, en proie aux sangsues, — qui se pendent à ses chairs, — et broutant l'herbe épaisse tout autour des haies de clôture.

Ce matin-là, une épaisse écorce recouvrait les eaux, et j'aperçus dans la palus, — à deux pas de la route, — un cheval pris dans la glace et dont les naseaux saignaient quelques gouttes d'un sang noir.

Il me sembla même voir de grosses larmes rouler dans ses yeux...

Le cheval que je montais tourna vers le marais sa tête intelligente...

Pauvre bête! c'est là peut-être que, lui aussi, il a fini sa trop longue carrière. C'est le premier cheval qui m'ait été donné!

Et ce fut une grande joie le jour où, — au commencement des vacances, — mon père m'amena triomphalement un grand animal au long cou, — monté sur quatre longues jambes et qui me parut si révoltamment maigre que je le baptisai *Carême*.

Il semblait me demander grâce pour l'autre cheval, et je me saisis d'une branche morte dont je me servis pour briser la glace tout autour du malheureux animal.

J'allais réussir à le dégager quand un garde champêtre survint, qui m'ordonna de m'éloigner

L'été n'a point de feux, l'hiver n'a point de glace

pour les gardes champêtres!...

Cependant, je continuai mon œuvre philanthropique; et,

comme l'autorité s'apprêtait à verbaliser, je frappai beaucoup sur la glace, un peu sur l'autorité, — et j'emmenai
hors du palus le cheval qui ne tarda pas à s'affaisser sur
lui-même. — C'est cinquante francs que me coûta ma philanthropie.

Je remontai sur *Carême*, qui m'emporta au petit trot, —
non sans avoir jeté un regard de mépris sur le garde champêtre...

J'ai retrouvé hier cette histoire dans un coin de ma mémoire, et je la raconte aujourd'hui, parce que j'ai l'amour
de tous les animaux, — excepté l'homme, qui est le mauvais génie des autres habitants de la terre.

La nature, cette éternelle ennemie dont il faut combattre
à toujours les rigueurs et l'avarice, est moins cruelle que
l'homme aux populations de la terre et des airs.

Et, pourtant, si l'homme avait un peu de son âme de
moins, et les autres animaux un peu de leur instinct de
plus, je ne sais trop ce que deviendrait ce roi de la nature...

# XIII

## DOLÉANCE.

Ὀιμῶ ὅτι κακῶς πάσκω!

Je hais les choses. Les choses sont stupides et je suis né maladroit.

Cette nuit — en rêvant — je me suis meurtri le poing contre la muraille. Quand j'ai voulu me lever, j'ai renversé ma lampe qui s'est brisée; l'huile s'est répandue sur mes pantoufles, et je suis allé me cogner la tête contre l'angle de la cheminée.

Les choses sont entêtées. — Comme j'étais d'humeur mauvaise, j'ai refermé un peu fort le tiroir de ma commode, — ce qui lui a déplu. Elle a saisi avec sa grande bouche de bois le pan de ma robe de chambre et s'est obstinée à ne pas le lâcher. Irritée contre moi, la serrure s'en est mêlée, — et il a fallu la faire sauter. — Les serrures ne se rendent pas.

Quand je vais à la campagne, je m'ennuie ; il y a trop d'arbres.

Et quand je reste à la ville, la jalousie me rend le cœur tout lépreux.

Je hais les êtres.

Ils sont malfaisants.

L'amour ne m'a donné que des baisers de Judas.

Des amis, — j'en ai eu. Ils m'ont emprunté — qui mes faux cols, qui mon pantalon, qui mon paletot ; — et après avoir puisé dans ma bourse, ils m'ont traité de crétin.

J'aimais beaucoup Maria. Sa figure pleine et bête a quelque chose d'ignoble qui m'a toujours plu. Je l'ai rencontrée hier en coupé ; elle m'a jeté un sou.

Aimer, haïr, tout est là.

Et, comme l'écureuil dans sa cage, quand nous avons parcouru notre sphère, c'est à recommencer à jamais.

Qu'on offre un brevet d'invention à qui découvrira une passion de plus !

Quant à moi, je ne veux pas mourir, impuissant et lâche, martyr de la grammaire sur le Golgotha de la routine !

# XIV

## CASSIUS ET ALDA.

L'originalité nécessite la faiblesse ou la supériorité du jugement, dit mon dictionnaire, qui a soin d'ajouter qu'on doit se défier d'une certaine originalité factice qui est la ruse d'une sotte vanité et l'esprit de bien des gens qui n'en ont pas.

Cassius était-il ou n'était-il pas original ? je ne veux pas le savoir. Il est parti ces jours derniers pour l'Amérique, et j'ai voulu seulement consacrer quelques lignes à cette existence bizarre du Diogène de la gaieté.

Cassius était allé se loger dans un ancien couvent derrière les Feuillantines. Il avait fait de la chapelle son cabinet de toilette et couchait dans la sacristie. Il avait eu soin de suspendre au plafond, au moyen de plusieurs ficelles, chacun de ses vêtements et chacun de ses livres qui, grâce

15.

à cette précaution, échappaient aux rats affamés qu'on voyait courir par troupes dans ses *appartements*.

A ses moments de tristesse, Cassius passait des heures entières devant la boutique d'un pâtissier afin d'exciter par ses bâillements les bâillements de la demoiselle de comptoir.

Parfois il partait de grand matin, vêtu d'une blouse et couvert d'une casquette. Il se procurait la médaille de rigueur et achetait une ample provision de choux. Puis, il se rendait au marché et quand les marchandes disaient :

— A cinq sous les choux !

Cassius criait d'une voix imposante :

— A deux sous les choux !

Les colères s'amassaient lentement et faisaient tout à coup explosion.

C'était, d'abord, des cris et des injures que Cassius attisait de son mieux. Bientôt on en venait aux mains, les coups pleuvaient de toutes parts ; et quand il avait contribué à quelque grotesque mêlée de ce genre, Cassius n'avait pas perdu sa journée.

On connaissait alors dans le quartier Latin, une marchande à la toilette qui s'appelait madame Alda. Cette madame Alda avait, autrefois, couru les rues avec des hardes sous le bras, et ramassant la fortune guenille à guenille.

On l'appelait alors simplement la mère Alda. Mais quand elle eut pris boutique et qu'elle entreprit les affaires en gros, elle exigea qu'on l'appelât *madame*.

Cassius seul n'avait pu se soumettre à la règle générale,

et cependant, pour ne pas blesser trop cruellement une femme qu'il avait besoin de ménager, il ne l'appelait que *l'ex-mère Alda*.

La mère Alda lui avait fourni pour six cents francs de costumes environ, et Cassius ne lui avait jamais donné que cinq centimes, afin, disait-il, que si elle parlait de cette fourniture elle ne pût pas dire qu'elle n'en avait pas touché le premier sou.

Tous les matins, à huit heures précises, madame Alda venait réveiller son débiteur :

— Eh bien, monsieur Cassius, quand me paierez-vous ?

— Mère Alda, si je vous payais, viendriez-vous me réveiller tous les matins ?

— Non, vraiment !

— Et il me faudrait donner six francs par mois à un commissionnaire qui ne serait jamais exact ? Merci ! Vous vous condamnez vous-même !

Et c'était tous les matins une scène nouvelle.

— Enfin, monsieur Cassius, lui dit un jour la mère Alda, vous ne voulez donc rien faire pour moi ?

A ces mots, Cassius bondit hors de son lit et s'écria d'un ton de reproche :

— Je ne veux rien faire pour vous, mère Alda ? Attendez !

Il ouvrit un vieux bahut et en tira un manuscrit soigneusement roulé qu'il déploya lentement.

Et, comme la mère Alda attendait avec anxiété le résultat de ce beau mouvement, il se mit à lire à haute voix :

ÉPONINE, tragédie en cinq actes, par M. Cassius (de la Martinique).

Personnages :

*Vespasien,* empereur romain.

*Sabinus*, seigneur gaulois.

*Julius,* confident de Sabinus.

*Éponine,* épouse de Sabinus.

Et, avec un grand éclat de voix :

ALDA ! confidente d'Éponine.

Voilà ce que j'ai fait pour vous, madame. Je lèguerai votre nom à la postérité.

Écoutez !

Et Cassius se mit à déclamer avec des gestes imposants et une voix de basse-taille...

Toutes les fois que la mère Alda faisait un mouvement pour se lever, Cassius la forçait à rester assise.

Peu à peu la victime s'endormit.

Cassius s'esquiva alors à pas de loup et ne revint au couvent que quinze jours après.

La mère Alda n'y était plus, et Cassius trouva les rats fort engraissés.

# XV

## CONTRE LA VACCINE

Le ciel, dans sa sagesse, avait un jour rapproché la fièvre et la rougeole, et de cet accouplement hideux, la petite vérole fut le fruit.

Dès-lors, cette honorable épidémie se mit à sévir grandement sur l'espèce humaine, qui n'en comprit pas, d'abord, tous les avantages, et se désola sottement.

Que diriez-vous d'un homme qui, ayant une horrible barbe, veule, sale et d'une couleur douloureuse, se désolerait de la voir tomber, et ne serait satisfait qu'après avoir trouvé une pommade qui lui en assurât la conservation?

La petite vérole enlevait chaque année le rebut de l'humanité. — Toutes ces tristes créatures, chez qui le foie ou les poumons sont en souffrance, et ces enfants scrofuleux et

mal-venus qui engendrent une malingre population de bé-
quillards et d'hypocondriaques ! C'était-là une chose bien-
faisante.

La vaccine a donc cela de commun avec les Compagnies
d'assurances, qu'elle est inutile au plus grand nombre, et
avantageuse à quelques-uns seulement.

La petite vérole, au contraire, assurait à la majorité
saine et vigoureuse une perfection de formes et un heureux développement, qui sont devenus impossibles aujour-
d'hui.

Voyez cette triste génération, chétive et rabougrie ! ces
nabots qui tiennent la place d'un homme au banquet de la
vie !

Voyez et pleurez !

Que sont-ils devenus, ces fiers Gaulois, dont la haute stature effrayait les Romains ?

Pour être soldat, il suffit qu'un homme ait la taille d'un
enfant.

Chaque jour, nous voyons la créature plus chétive et plus
laide.

La droguerie hausse ses prix. La santé s'en va.

Et bientôt, il en sera de la terrestre population comme de
ces fruits qu'on peut voir entassés dans un bocal d'eau-de-
vie.

Les hommes ne seront plus hommes que par la force de
certains procédés.

La terre sera peuplée de conserves.

Ah ! s'il en est temps encore, puisse une sage autorité sauver nos enfants de cet abâtardissement prémédité, et rendre à la race humaine toute sa pureté primitive !

Cessez de vacciner, — ou je cesse d'écrire !

# XVI

## LE CHEVALIER DE L'ARBRE-SEC

Nos flendo ducimus horas.

Le chevalier de l'Arbre-Sec s'était dit un matin : — La société se meurt d'hébétement, et l'ennui moissonne dans les rues. L'odieuse gravité aura bientôt envahi tous les jardins fleuris de l'existence.

Il est des gens qu'on dirait en deuil de naissance, et si nous les laissions faire, ils étendraient un crêpe sur nos éclats de rire; ils arracheraient les rosiers pour planter des cyprès, et nous serions une génération de croque-morts.

Par le Cid, il n'en sera pas ainsi.

Mais que ferai-je bien pour m'égayer la route?

Faut-il mettre un nez de carton et parler avec une pratique aux dents?

Ou gambader par les rues en embrassant les citadins endimanchés?

Ce n'est pas le tout d'avoir de l'esprit, il faut encore connaître la manière de s'en servir.

A cette époque de glace où le ciel m'a fait naître, les hommes drôles sont les seuls utiles.

J'entends folâtrer à plaisir pendant les quarante années qu'il me reste à vivre.

C'est beaucoup pour l'hypocondrie, c'est peu pour la gaieté.

Si les passants me détroussent, je m'en tiendrai les côtes, et si ma maison s'écroule, j'en ferai des gorges chaudes.

Le chevalier de l'Arbre-Sec était, — comme on voit, — dans les plus heureuses dispositions. Mais il avait compté sans la fatalité goguenarde.

Il oubliait, — le malheureux, — qu'il était né un vendredi et le 13 du mois de décembre : jour funeste, terrible date !

Et sa vie, en effet, ne fut qu'une longue succession de lamentables balourdises.

Un jour, — à la chasse, — il blessa son chien, — un magnifique levrier.

Le lendemain, la marquise de B... lui demandant :

— Comment va votre chien ?

Il répondit machinalement :

— Très-bien, merci... et vous ?

Cette saillie lui fit manquer un brillant mariage.

S'il se trouvait dans la maison d'un pendu, il ne manquait pas d'y parler de corde.

A table, il renversait les plats sur ses voisins.

C'était, en un mot, ce qu'on est convenu d'appeler *un outil.*

Dernièrement, il lui fut intenté un procès d'où dépendait sa fortune entière.

Le chevalier cassa une glace en se réveillant :

— Voilà qui est de mauvais augure, murmura-t-il.

Et il sortit tout soucieux pour se rendre au Palais.

Il avait fait vingt pas à peine qu'il alla se jeter dans les jambes d'un garde du commerce qui le cherchait depuis quinze jours.

Ce dernier l'entraîna sans écouter ses cris.

Le soir même, le chevalier fut mis en liberté, mais trop tard : il avait été condamné comme contumax.

Un de ses oncles avait manifesté l'intention d'en faire son universel héritier.

L'oncle, à son lit de mort, fit demander le chevalier, qui le pressa si fort contre son cœur, que le bonhomme, étouffé, n'eut pas le temps de faire son testament.

Cependant la part était belle encore, et comme le chevalier courait annoncer ce revirement de fortune à ses amis, il fut écrasé par un omnibus qui allait au pas.

Priez pour lui !

# XVII

## UN POÈTE D'IL Y A VINGT ANS

> La folie est souvent un sixième sens.
> FRANÇOIS XAVIER.

Vers la fin de l'automne dernier, après avoir battu tous les fourrés du Bocage, je m'étais arrêté à La Rochelle, où la clémence de la saison retenait encore quelques étrangers.

D'ordinaire les Rochelais font visiter aux voyageurs, et non sans un certain orgueil, la tour de la Lanterne, sorte d'éteignoir dentelé, le Mail, la tour de Saint-Nicolas, qui servit de prétexte à cette lamentable complainte que vous savez, l'hôtel de ville, où l'on montre la table que Guiton perça de son poignard, et enfin l'hospice de Lafont. qui est le Charenton de l'Ouest.

Je partis donc un matin pour Lafont, après m'être procuré un vieux huguenot de cabriolet que les vers avaient abandonné par instinct, comme les rats le vaisseau de Fortunio.

Je fus introduit dans les jardins de l'hospice, l'un des plus beaux établissements de ce genre, au moment où les fous les plus *raisonnables*, selon l'expression du gardien, prenaient leur récréation.

Ce n'était pas seulement, comme vous le pensez bien, pour visiter les dortoirs et les buanderies de Lafont que je m'étais décidé à me mettre en route, c'était surtout pour y rencontrer un homme que vous n'avez peut-être pas oublié, un poëte de strass et qui a brillé quelques instants, — M. Gustave Drouineau.

M. Gustave Drouineau est l'auteur de quelques romans funèbres, dont quelques-uns, — *le Manuscrit vert*, par exemple, — obtinrent un certain succès d'occasion.

L'Odéon joua un *Rienzi, tribun de Rome,* de M. Drouineau, qui fit certainement plus de bruit à cette époque que la *Lucrèce* de M. Ponsard à son plus beau temps. Le Théâtre-Français donna, peu de temps après, du même auteur, une *Françoise de Rimini,* que la révolution de juillet eut bientôt enterrée.

M. Drouineau est, de plus, l'inventeur de je ne sais quelle religion bâtarde qu'il appelait, je crois, le *néo-christianisme,* et qui lui valut l'estime de l'abbé Châtel.

C'est cet homme, qui avait été l'un des soldats de la grande lutte littéraire, et qui aurait pu être de l'Académie (française), c'est cet homme seul que j'étais allé voir.

Le gardien me désigna un personnage sombre et soucieux qui s'était assis à l'écart sur un banc de verdure.

Je vis un homme de cinquante à cinquante-cinq ans environ, de taille moyenne, grisonnant, l'œil doux et inquiet
à la fois. Je l'abordai avec un salut des plus profonds, et
me recommandant impudemment de Ligier, que je n'ai jamais vu qu'à la scène :

— Je n'ai pas voulu, lui dis-je, traverser La Rochelle sans
vous rendre mes devoirs.

Drouineau m'avait écouté avec un certain étonnement.

— Ah! s'écria-t-il enfin, je suis bien aise de voir quelqu'un. Remerciez bien Ligier de ma part. C'est ici une maison d'aliénés. On ne me permet pas d'écrire, et je ne puis
obtenir qu'on m'en dise la raison. Au reste, j'en suis enchanté.

— Et pourquoi en êtes-vous enchanté?

Drouineau me regarda d'un air soupçonneux.

— Je ne puis vous le dire, me répondit-il.

Puis, me regardant en face :

— Savez-vous bien à qui vous parlez? s'écria-t-il. J'ai été
porté en triomphe sur la scène! J'ai commencé comme Vol-
taire a fini! A propos, donnez-moi donc des nouvelles de
Picard. Que fait-il? Je n'entends plus parler de lui!

— Picard est mort en 1828.

— En êtes-vous bien sûr? J'en avais comme une idée
lointaine. Et Joanny, et madame Valmonzey, que sont-ils
devenus?

— Je n'en sais, ma foi, trop rien.

— De qui parle-t-on enfin? de Delavigne? de Martainville? de Ducange? de Mars?

— On parle de Dumas, de George Sand, d'Alphonse Karr, de Rachel.

— Et d'où sort tout ce monde? Dumas... je crois l'avoir connu... je crois même l'avoir applaudi... Mais les autres?

Ce fut une conversation assez curieuse que celle de cet homme endormi depuis vingt-deux ans, et qui croit que le monde n'a pas vécu depuis le jour où il a quitté Paris. Je le laissai me raconter ainsi différentes histoires qui me rappelaient les dialogues de Lucien; puis, reprenant une phrase qu'il avait laissé tomber :

— Mais, pourquoi êtes-vous enchanté qu'on ne vous permette pas d'écrire?

Il paraît que j'étais parvenu à gagner sa confiance, car Drouineau me répondit sans hésiter :

— Parce qu'il n'y a pas assez de mots. Ce bourgeois-poëte qui mettait huit jours à faire un vers, et qui a eu tant de vrais poëtes tués sous lui, Boileau, puisqu'il faut l'appeler par son nom, a dit quelque part :

> Ce que l'on conçoit bien s'énonce clairement,
> Et les mots pour le dire arrivent aisément.

(Deux vers qui, selon moi, font admirablement.)

Je conçois bien que deux et deux font quatre, et je l'énonce avec clarté; mais ce que je *sens*, mais ce que je *rêve* de lumineux ou d'obscur, comment le dirai-je avec les mots qui nous sont donnés?

Les mots ne répondent pas plus à la pensée du poëte que les femmes ne peuvent répondre à son amour.

En la femme, il aime quelque chose qui est au-dessus d'elle, comme il cherche dans les mots quelque chose qui n'est pas dans les mots.

Donnez-moi un levier, et je soulèverai la terre, a dit Archimède. Donnez des mots au poëte, et il créera des mondes!

Alors, peut-être, le romancier ne vous parlera-t-il plus d'un amour *ineffable*, d'une grâce *indicible,* d'une candeur *inexprimable*, d'un tableau *impossible à décrire.*

Écoutez Chid-Arold :

— Si l'on pouvait, dit-il, jeter dans un seul mot son âme, ses passions, ses sentiments, et que ce mot fût la foudre, alors je parlerais peut-être; mais je vis et je meurs incompris avec une pensée *muette...*

Le mot de Shakspeare : *A world of sighs* (un monde de soupirs), n'est-il pas encore le cri de l'écrivain empêché?

Il n'est pas de poëte qui n'ait déclaré son impuissance à exprimer son sentiment.

Horace :

Hunc talem nequeo monstrare et sentio tantum !

Dante exhalant la même plainte :

O quanto è corto'l dire, e come fioco al mio concetto!

Il y a des personnages dans les Edda scandinaves et dans les contes orientaux qui comprennent le langage des animaux.

Dupont de Nemours prétendait avoir découvert l'alphabet des oiseaux.

Eh bien, je ne veux pas vous cacher que je comprends non-seulement le langage des animaux, mais encore cette apparence et ce craquement qui est comme le langage des choses.

Je sais ce que disent les chouettes et les hiboux dans les ruines et dans les clochers.

Je sais ce que disent les chiens la nuit quand ils hurlent, et le jour quand ils aboient, quand ils grognent et quand ils pleurent. Je comprends même les plaintes continuelles de la mer; c'est un élément qui s'ennuie. Je comprends le tonnerre, la grêle, le vent et le son des cloches.

Je sais parfaitement ce qu'ils disent... je le sais, et je ne puis le dire!... et je le sais bien pourtant!

Une nuit, la rafale sifflait en moi... Les vagues rouges de la fièvre déferlaient en mon cerveau... La veilleuse, dans sa tour de porcelaine, tamisait un jour douteux dans la chambre silencieuse.

A côté de mon lit, sur une table, il y avait une quantité innombrable de fioles de toutes dimensions, qui portaient chacune un nom écrit sur le ventre : — Laudanum. — Sirop de gomme. — Huile camphrée. — Pommade iodurée. — Ether, etc.

Eh bien, toutes ces drogues causaient entre elles. Elles s'entretenaient de l'état de ma santé. Chacune prenait la parole à son tour, et, de temps à autre, elles psalmodiaient en chœur...

Le lendemain, il m'a été impossible de raconter au médecin ce qu'elles s'étaient dit pendant la nuit, de façon qu'il n'a pas pu me guérir. Eh bien, c'est partout comme cela : je comprends tout et je ne puis rien exprimer.

Oh! plutôt que parler, ne vaudrait-il pas mieux rugir comme le lion ou braire comme l'âne? Tout est là, au moins! — Un cri, mais un cri qui dit tout!

La cloche de l'établissement se fit entendre, et Gustave Drouineau s'élança vers sa cellule.

C'était l'heure de la visite.

# XVIII

## APPROCHE, MAROUFLE

Hier, le vicomte a fait choix d'un valet de chambre. Saint-Jean avait lassé sa patience.

Le vicomte était étendu sur un divan, et s'abandonnait à un voluptueux nonchaloir, quand on lui présenta Germain.

— Approche, maroufle, dit le vicomte, et fais un tour, que l'on voie ton allure. Le drôle est bien bâti, ma foi! et d'une tournure à me faire honneur. Tu es à mon service, entends-tu? Je ne fixe pas tes gages, tu les prendras.

Le vicomte jeta un cigare à moitié brûlé qu'il tenait, et, avançant la main, il prit dans une coupe un cazadorès parfumé.

— Écoute bien mes recommandations; car si tu venais à les oublier, je te couperais les deux oreilles.

Prends garde à ne jamais venir, sous aucun prétexte, me réveiller avant midi.

Si je laisse traîner quelques louis sur les meubles, que je ne les y voie jamais deux fois.

Ne me demande jamais si une chose me convient. Prends sur toi de la faire ou ne la projette pas.

Si deux dames viennent me rendre visite, n'en laisse pénétrer qu'une à la fois.

Si tu reçois une lettre encadrée d'un filet noir, jette-la au feu.

Que je songe, que je marche ou que je m'ennuie, ne m'interroge jamais.

Quand je fume, — assis ou couché, — si une affaire indispensable t'amène dans mon appartement, passe toujours à trois pas de moi, et fais le moins de bruit possible.

Sois toujours respectueux avec mon oncle et toujours grossier avec mes cousins.

Tâche de te griser régulièrement, afin de me donner de souventes occasions de te bastonner.

Si je te casse quelques membres, je ferai une pension à ton vieux père.

Et maintenant, drôle, à l'antichambre !

# XIX

## TESTAMENT D'UN INCONNU

### I

La résolution en est prise, c'est cette nuit que je vais me tuer. Je suis né triste, irascible, excentrique. En me quittant, nul n'a dit : « A demain ! » J'aurai traversé la vie comme un désastre, seul, désolé, maudit.

Il m'avait semblé, dans mon orgueil, que Dieu m'avait jeté dans ce monde pour y chanter la force et la santé, l'ascension du cœur et l'indépendance des passions. Mais les feuillets tombent et les préjugés restent. La force d'un seul est abattue par la faiblesse de tous.

### II

On ne veut pas d'une philosophie nouvelle. Les chaînes se sont imprimées au poignet de l'homme. Il lui serait douloureux de les en arracher. Et repoussé, moqué, hué, je vais mourir dans un coin, comme un lépreux.

On dira demain : « Le fardeau était trop lourd pour lui... C'était un impuissant! »

Et ceux-là même que j'ai souffletés de ma main robuste japperont leurs moqueries sur le cadavre que je leur aurai laissé.

### III

J'avais fait un livre où se trouvaient toutes mes désolations et toutes mes espérances.

J'avais inventé un monde où il n'y avait ni marchands, ni soudards, ni notaires, ni vieillards. Il n'y avait que des hommes et des femmes, et quand l'homme sentait venir la maladie de l'âge, il se tuait.

La vie est d'une monotonie désespérante.

Pourquoi n'arrive-t-il rien d'impossible?

J'ai longtemps attendu l'imprévu — un homme habillé de noir qui m'indiquerait une porte; — ou une grande lettre carrée, scellée de trois cachets, venant de l'autre monde, et qui m'ouvrirait un horizon. Mais je vois bien qu'il faut creuser péniblement son sillon et se faire sa route dans le rocher.

### IV

Peut-être suis-je fou? La philosophie m'aura gangrené le
16.

cœur. Ma vie aura été une pantalonnade dont la mort sera le dénouement.

Emma, Laure, soyez maudites!

Soyez maudites, Berthe, Cécile!

Je ne saurais me plier aux exigences sociales et la société ne veut pas se plier à mes exigences personnelles. Elle aurait raison, si elle était parfaite, mais comme elle n'est pas parfaite, elle a tort.

J'ai eu longtemps le projet d'aller en Afrique ou en Australie, d'y rassembler les anthropophages et de les amener en Europe afin de leur faire manger les blancs; mais on m'a démontré que ces peuples primitifs commenceraient par me manger moi-même et qu'après ma mort, ils resteraient probablement chez eux — comme devant. C'est ce qui m'en a détourné.

## V

Il est pourtant des bois épais où l'on rêve appuyé sur le tronc des vieux chênes... Il est de vieux tilleuls, des fontaines limpides, des fleurs, des oiseaux, des baisers... Je connais sous le ciel une verte solitude, embaumée, bénie, où les gerbes de fleurs s'élèvent en dômes frissonnants...

Là, peut-être, j'aurais pu vivre heureux, mais je ne veux pas être heureux seul.

Mieux vaut mourir!

Et je meurs sans regrets; je meurs dans la plénitude de

ma jeunesse et de ma haine. L'éternité me fascine. J'ai le vertige de la tombe.

Oh ! je le sens au fond du cœur, en voyant ces planètes brillantes suspendues dans l'espace, et c'est là que j'irai, parcourant, dans un sublime essor, tous les mondes, l'un après l'autre, sous une forme de plus en plus subtile — car Dieu tend à s'assimiler tout ce qui gravite dans son sein, et après ces milliers d'épreuves, après ces milliers d'années, moi aussi, je serai Dieu !...

# XX

## ESQUISSE NOCTURNE.

Paris a, — comme Argus, — cinquante yeux toujours ouverts.

La nuit n'y reste point les bras croisés; elle a ses travaux et ses rumeurs, ses promeneurs et ses ouvriers — comme le jour.

Quand la prostitution s'est retirée devant la ronde de onze heures, quand la population travailleuse a regagné ses mansardes, et que le silence s'est fait dans les profondeurs des faubourgs; quand les passants pressent le pas au sortir des théâtres et que les boutiques des charcutiers et des marchands de vins, chez qui trébuche encore un dernier ivrogne, sont restées seules ouvertes aux chalands anuités, un homme passe — inexorable comme l'heure ou comme la mort.

Il frappe deux barres de fer l'une contre l'autre, puis, laissant partout les ténèbres derrière lui, il continue sa route, froid et silencieux.

Cet homme, c'est l'éteigneur du gaz.

Il a sur la tête une casquette graisseuse qui a oublié le soleil.

Il a de petits yeux gris qui s'abritent sous des sourcils incultes, le nez en combustion, la barbe veule, sale et moutonnée, la lèvre épaisse et pendante.

Il est voûté comme un vieillard.

Il a les mains larges comme la poitrine et les articulations démesurées.

Il est l'ami de l'ordre parce que l'émeute brise les réverbères.

Si l'ordre n'avait pas le respect des réverbères, il serait l'ami de l'émeute.

Il va seul et sans crainte, fort de son droit et ne se connaissant pas d'ennemis.

Si vous en voyez vingt dans une soirée, il vous semblera que c'est toujours le même.

Quand l'éteigneur du gaz rencontre un chiffonnier, il détourne la tête pour ne pas voir sa lanterne, — et il disparaît dans le lointain sans qu'on sache jamais d'où il vient ni où il va.

Il passe, — et c'est tout.

Les dernières boutiques se ferment, les lumières s'éteignent une à une derrière les carreaux, et c'est à peine si le talon de quelque promeneur attardé fait retentir le pavé sonore...

C'est alors que, — après quelque souper joyeux, — l'homme qui rentre en toute hâte au logis où l'attend un lit désert, entend derrière lui des sanglots déchirants.

Il se retourne et voit une fille qui pleure, la tête cachée entre ses mains.

Sa mise est simple, elle a l'air naïf et confiant, et elle raconte que son père — pris de vin ce soir-là — l'a battue et chassée de la maison.

La nuit est longue, où ira-t-elle?

Et si, — pris d'une bonne ou d'une mauvaise pensée, — le passant a offert un asile à ce crocodile de Paris, il est tout surpris, — quand au matin, la fille s'est enfuie en toute hâte, — de ne plus trouver sa montre sur la cheminée, ni son porte-monnaie dans la poche de son paletot...

FIN

# TABLE

———

POISSY. — TYP. ET STER. DE A. BOUPET.